成吉思可汗：

　　"越不可越之山，则登其巅；

　　　　渡不可渡之河，则达彼岸。"

XIMURONG HETADE

NEIMENGGU 席慕蓉
和她的内蒙古

文·图／席慕蓉

上海文艺出版社

目　录

ᠭᠠᠷᠴᠠᠭ

序诗

旁听生

您是怎么说的呢
没有山河的记忆等于没有记忆
没有记忆的山河等于没有山河

还是说
山河间的记忆才是记忆
记忆里的山河才是山河

那我可真是两者皆无了

是的　父亲啊母亲
在"故乡"这座课堂里
我既没有学籍也没有课本
只能是个迟来的旁听生

只能在最边远的位置上静静张望
观看一丛飞燕草如何茁生于旷野
一群奔驰而过的野马　如何
在我突然涌出的热泪里
影影绰绰地融入那夕暮间的霞光

2001.8.31

1

祖训

ᠮᠣᠩᠭᠣᠯ ᠤᠨ ᠰᠤᠷᠭᠠᠯ

——成吉思可汗：
"不要因为路远而踌躇，只要去，就必到达"

就这样一直走下去罢
不许流泪　不许回头
在英雄的传记里　我们
从来不说他的软弱和忧愁

就这样一直走下去罢
在风沙的路上
要护住心中那点燃着的盼望
若是遇到族人聚居的地方
就当作是家乡

要这样去告诉孩子们的孩子
从斡难河美丽母亲的源头
一直走过来的我们啊
走得再远　也从来不会
真正离开那青碧青碧的草原

1987.12.28

我的外祖母——孛儿只斤·光濂公主（1887—1965），籍隶吐默特部，是成吉思可汗的嫡系后裔。在我的童年以及青少年的岁月里，她和我的父母一起，为我指引原乡。

　　我说不出它的名字，我也唱不全它的曲调，可是，我知道它在那里，在我心里最深最柔软的一个角落。每当月亮特别清朗的晚上，风沙特别大的黄昏，或者走过一条山路的转角，走过一片开满了野花的广阔的草原，或者在刚亮起灯来的城市里，在火车慢慢驶开的月台上；在某个特定的刹那，一种似曾相识的忧伤就会袭进我的心中，而那个缓慢却又熟悉的曲调就会准时出现，我就知道，那是我的歌——一首只属于流浪者的歌。

母亲蒙文名字是巴音比力格（1916—1987），汉名乐竹芳，曾是国民政府首届国民大会蒙古察哈尔八旗群代表。世居昭乌达盟（今称赤峰市）克什克腾旗。外祖父穆隆嘎（汉名乐景涛）是民初国会议员乐山先生的长子，曾任克什克腾旗总管，创办蒙旗学校及军校，扶植蒙古族子弟。曾任内蒙古国民革命军总司令、监察委员、国府委员等职。母亲幼承家训，待人平和诚恳，个性则是温柔而又刚强。

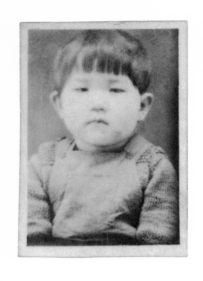

我并不怨怪我的父母，我也不怨怪我们社会，可是，命运给我的，是多么奇怪的一种安排啊！我有一个很美丽的汉文名字，可是，那其实是我的蒙文名字的译音而已，我有一个更美丽的蒙文名字，可是却从来没有机会用它。我会说国语、广东话、英文和法文，我可以很流利地说、写甚至唱，可是我却不能用蒙古语唱完一首歌。我熟读很多国家的历史，我走过很多国家的城市，我甚至去了印度和尼泊尔，可是我却从来没见过我的故乡。

　　小时候最喜欢的事就是听父亲讲故乡的风光。冬天的晚上，几个人围坐着，缠着父亲一遍又一遍地诉说那些发生在长城以外的故事。我们这几个孩子都生在南方，可是那一块从来没有见过的大地的血脉仍然蕴藏在我们身上。靠着父亲所述说的祖先们的故事，靠着在一些杂志上很惊喜地被我们发现的大漠风光的照片，靠着一年一次的圣祖大祭，我一点一滴地积聚起来，一片一块地拼凑起来，我的可爱的故乡便慢慢成型。而我的儿时也就靠着这一份拼凑起来的温暖，慢慢地长大了。

第一次个人画展，1966 年布鲁塞尔。

左页图：大学时代的父亲，1934 年北京。

而我所拥有的，只有那在我全身奔腾的古老民族的血脉。我只要一闭眼，就仿佛看见那苍苍茫茫的大漠，听见所有的河流从天山流下。而丛山黯暗，那长城万里是怎么样地从我心中蜿蜒而过啊！

1966年初，受邀在布鲁塞尔市艾格蒙画廊举行第一次油画个展。同年7月，从布鲁塞尔皇家美术学院毕业。

十几年来，父亲一直在德国的大学里教蒙古语文。——→那几年，我在布鲁塞尔学画的时候，放假了就常去慕尼黑找父亲。坐火车要沿着莱茵河岸走上好几个钟头，春天的时候爱看苹果花开，秋天的时候爱看那一块长满了荒草的罗累莱山岩。

父亲先后在慕尼黑大学东亚研究所与波昂大学中亚研究所工作，退休之后，仍住在莱茵河边。

有一次，父女俩在大学区附近散步，走过一大片草地，草是新割了的，在我们周围散发出一股清新的香气。父亲忽然开口说："这多像我们老家的草香啊！多少年没闻过这种味道了！"说完深深地呼吸了一口。——→天已近黄昏，鸟雀们在高高的树枝上聒噪着，是他们归巢的时候了，天空上满是那种黄金色的温暖霞光。

我心中却不由得袭过一阵极深的悲凉。远离家乡这么多年的父亲，却仍然珍藏着那一份对草原千里的记忆，然而，对眼前这个从来没有看过故乡模样的小女儿，却也只能淡淡地提上这样一句而已。在他心里，在他心里藏着的那些不肯说出来的乡愁，到底还有多少呢？

父亲蒙文名字是拉席敦多克（1911—1998）汉名席振铎，字新民。世居察哈尔盟（现称锡林郭勒盟）草原之上，族姓席连勃。祖父依达木阿布拉克齐，曾任镶黄旗护军校，祖母名讳是呼和其其格。二伯父尼玛鄂特索尔曾任察哈尔盟明安旗（前称镶黄旗，现称正镶白旗）总管，1935年初，在内蒙古自治运动中被日本特务暗杀。父亲从北京辅仁大学教育系毕业后，曾任国民政府一至四届参政员、立法委员。也曾与好友组成"安答"盟会（有人汉译为"蒙古青年联盟"），响应内蒙古自治运动，但是在战乱中一切理想成空。来台湾之后应聘赴德国慕尼黑与波昂大学两校执教蒙古语文，1998年11月30日以八十八岁高龄辞世。这张相片是八十寿辰前，父女合摄于台北周相露摄影工作室。

　　我也跟着父亲深深地呼吸了一口，这暮色里与我有着关联的草香，心中闪出了一个句子：——→"那只有长城外才有的清香。"——→又过了好几年，有一天晚上，在我石门乡间的家里，在深夜的灯下，这个句子忽然又出现了。我就用这一句做开始，写出了一首诗，没怎么思索，也没怎么修改，所有的句子都自然而顺畅地涌到我眼前来。——→这首诗就是那一首《出塞曲》。

左页图：父亲居住的莱茵河边　下图：谁能料想到，1989年8月1日解禁，作为在公立学院任教的教授，我也可以自由回到原乡去了。我先去德国波昂，向父亲报告这个好消息。

莱 茵 河 慢 慢 地 流 去 ， 暮 色 渐 渐 袭 来 。

在 一 条 异 乡 的 河 流 之 前 ， 父 亲 无 限 耐 心 地 为 我 讲 述 他 心 中 的 梦 土 ，

那 在 千 里 万 里 之 外 的 蒙 古 高 原 。

父亲一直舍不得回乡，因为他舍不得心中深藏的记忆。——→而对我来说，却没有任何负担。于是，父亲请托住在北京的好友尼玛先生替他带我回家。——→在几十年的渴望之后，终于可以见到原乡，是珍贵的第一次，我不敢多有贪求，只希望能去探望父亲的草原与母亲的河。

因此，给尼玛的信上，我也再三强调，希望不要让太多人知道这件事，我只想一个人安安静静地回家。——→可是，在刚到北京的那个晚上，尼玛就告诉我，家乡的人仍然要欢迎我，他说：——→"老家的人不愿意照你的意思，这么多年以来，你是第一个回来的亲人。他们说，老祖先传下来的规矩，从那么远的地方回来的孩子，有许多欢迎和祈福的仪式是一定要举行的。"——→有些什么开始缓缓地敲击着我的心。我望向尼玛，望向他诚挚的面容和眼神，慢慢开始有点明白，祖先遗留下来的，不仅仅只是土地而已，还有由根深蒂固的风俗习惯所形成的，我们称它做"文化"的那种规矩。

我一直以为我是蒙古族人，可是，在亲身面对着这些规矩的时候，如果拒绝了，我就不可能成为蒙古族人了。——→绝对不能让事情变成这样！绝对不能！——→这么多年以来，可以因为战乱，可以因为流浪，可以因为种种外力的因素，让我做不成一个完完整整的蒙古族人。但是，却绝不能在此刻，在我终于来到家门前的时候，让自己心里的固执和偏见毁了这半生的盼望。——→我一定得明白，一定得接受，如果，如果我想要成为真正的蒙古族人，就得要照着祖先传下来的规矩"回家"。

张家口 109 km
万 全北 95 km
全北 60 km

族人到内蒙古与河北的边界先来迎我，极为慎重。

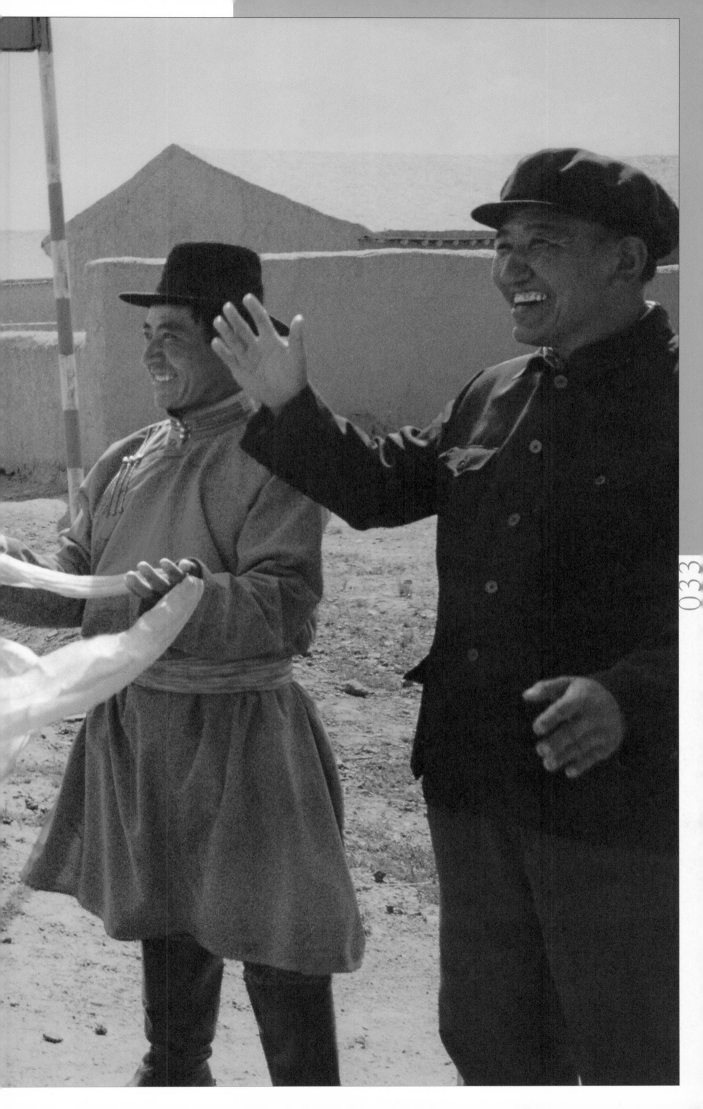

我 忽 然 不 太 敢 往 前 走 了 。

一 切 即 将 揭 晓 ，

越 想 回 头 ，

离 家 越 近 ，

到了正镶白旗旗政府所在地，听说家乡的亲人会到草原的边界上以马队来迎接我，我把相机给了从台北与我同行的好友王行恭，请他到时候帮我拍照。——→我知道自己已经开始紧张起来。天有点阴，层云堆积，有人劝我加衣，我却觉得心中燥热难耐，离家越近，越想回头，一切即将揭晓，我忽然不太敢往前走了。——→车子开得飞快，经过一处又一处不断起伏变化的草原。差不多开了四十多分钟之后，爬上一段山坡，在坡顶最高处往前看下去，下面是一大片宽广的山谷，芳草如茵，从我们眼前斜斜地铺下去，一直铺到整个山谷，铺向左方，铺向右方，再往上铺满到对面的坡顶，再一层一层地向后面的丘陵铺过去，一直铺到天边。

036

在这样一处广大碧绿芳草离离的山谷中间，有一小群鲜艳的颜色，因为远，所以觉得极小，因为颜色，又觉得非常夺目。——尼玛在我旁边惊呼：——"看啊！慕蓉，他们在等你。"——这应该是一生里只能享有一次的美丽经验！——前面就是我的家了吗？——这一大片芳草鲜美的山谷，就是我家园疆界的起点了吗？——几十年来，在心里不知道试着给自己描绘了多少次，可是，眼前的景色，却是从来也想象不出的辽阔与美丽！这真是一生只能享有一次的狂喜啊！还有他们，那正在家园前等待着我的族人，就在我眼前，在山谷的中间，有几十个人穿着鲜红、粉紫、宝蓝的蒙古衣服，扎着腰带，有的骑在马上，有的站在草地上，围成了半圆如一弯新月的队形，远远地安静地等待着。

车子开得飞快，我只能在坡顶高处看到那么短暂的一瞥，相机不在手上，也拍不下来。——> 不过，没有相机并不表示没有记录，这记录已经在那一瞥之间深深地镌刻进我的心中。就在那快乐与幸福都沸腾了起来的一瞬间，我忽然看到队伍里面，有人双手捧着一条哈达站了出来，草原上的风一吹过，淡青色的哈达就在风里飘动，闪耀着对我熟悉得不能再熟悉的、丝质的光芒。——>我们此刻，将这上天降下的华物"哈达"呈献给您，欢迎回到故乡。

土 地 还 在 ， 亲 人 还 在 ，

幼 小 的 孩 子 们 在 这 块 土 地 上 还 会 一 天 一 天 地 慢 慢 长 大 。

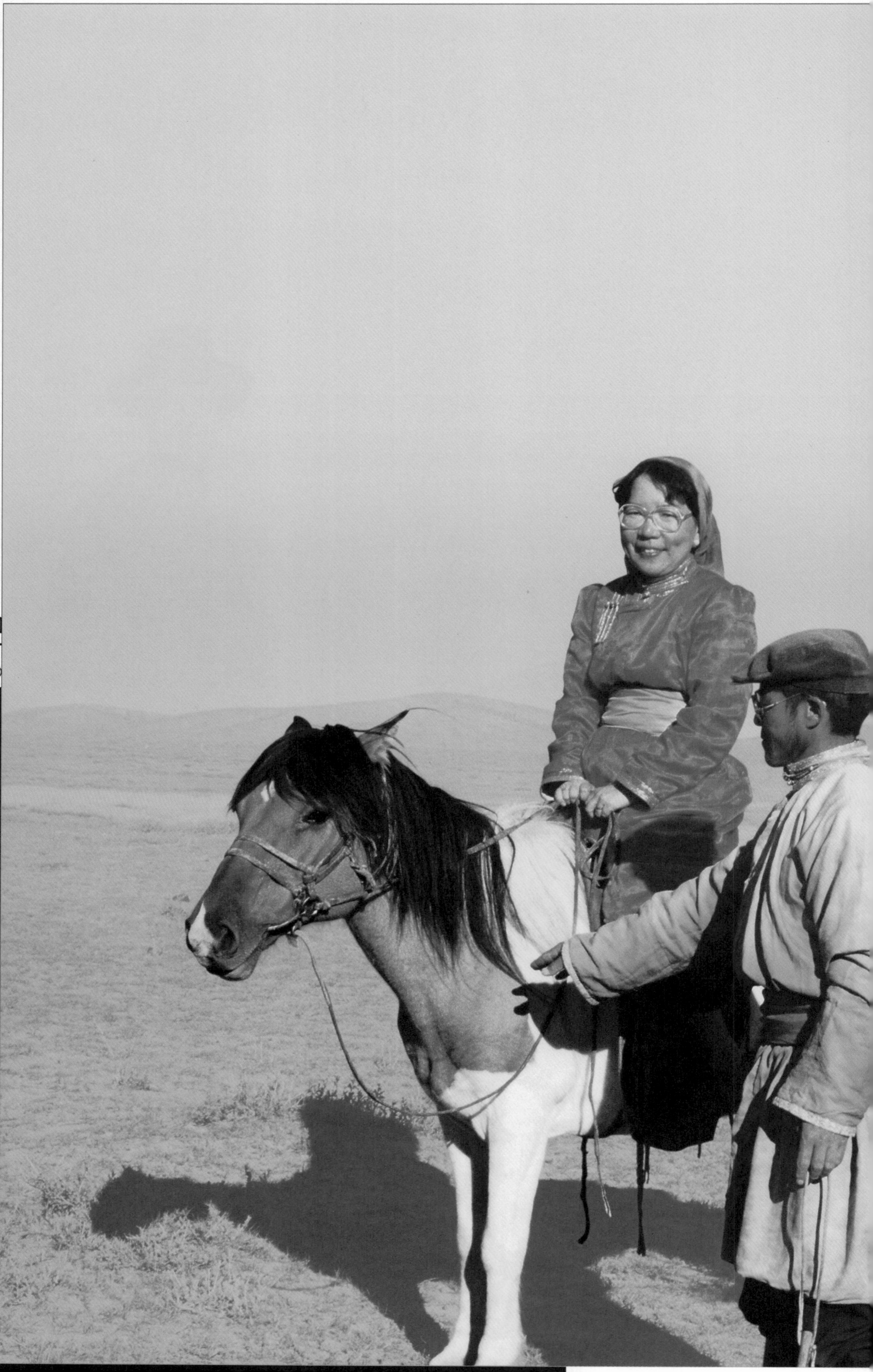

我的侄孙女通戈拉格张开了小嘴，细声细气地唱起歌谣来。我一句也听不懂，不过，孩子的歌声本身就是天籁，一样能令人觉得快乐，并且为它的单纯和美丽而屏息。

萨如拉靠在我的另一边，也跟着唱了起来。两只小黄鹂鸟唱到高音的地方几乎是金属一样的声音轻轻在草原上回荡，好像也在把我心中的暗影一点一点地往旁边推开。——这世界好像真的并没有那样绝望。——萨如拉，我明亮的光。——通戈拉格，我清澈的盼望。

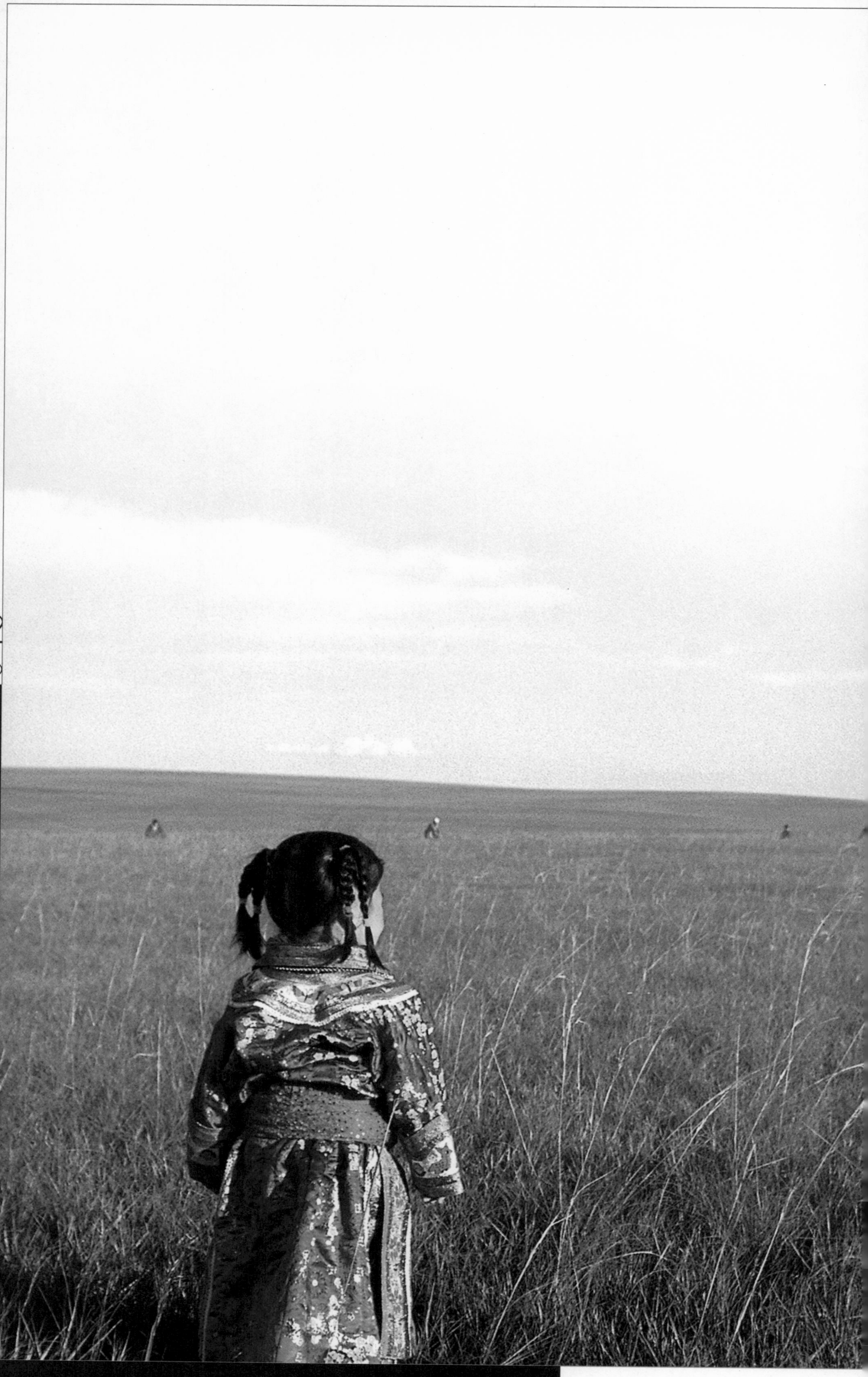

我该怎么样向你们道谢呢？多少年来的憾痛，没有办法让自己生在这块草原上、长在这块草原上的憾痛，似乎都在你们的歌声里得到了抚慰。多少年来，心中最深处的煎熬与渴求只能在黑夜的梦里反复出现，那个穿着红衣服在草原上奔跑的小女孩，原来应该是一个永远无法实现的梦境，如今却温暖而又甜蜜地紧靠在我的身边，还带着一个更温暖更幼小的妹妹。

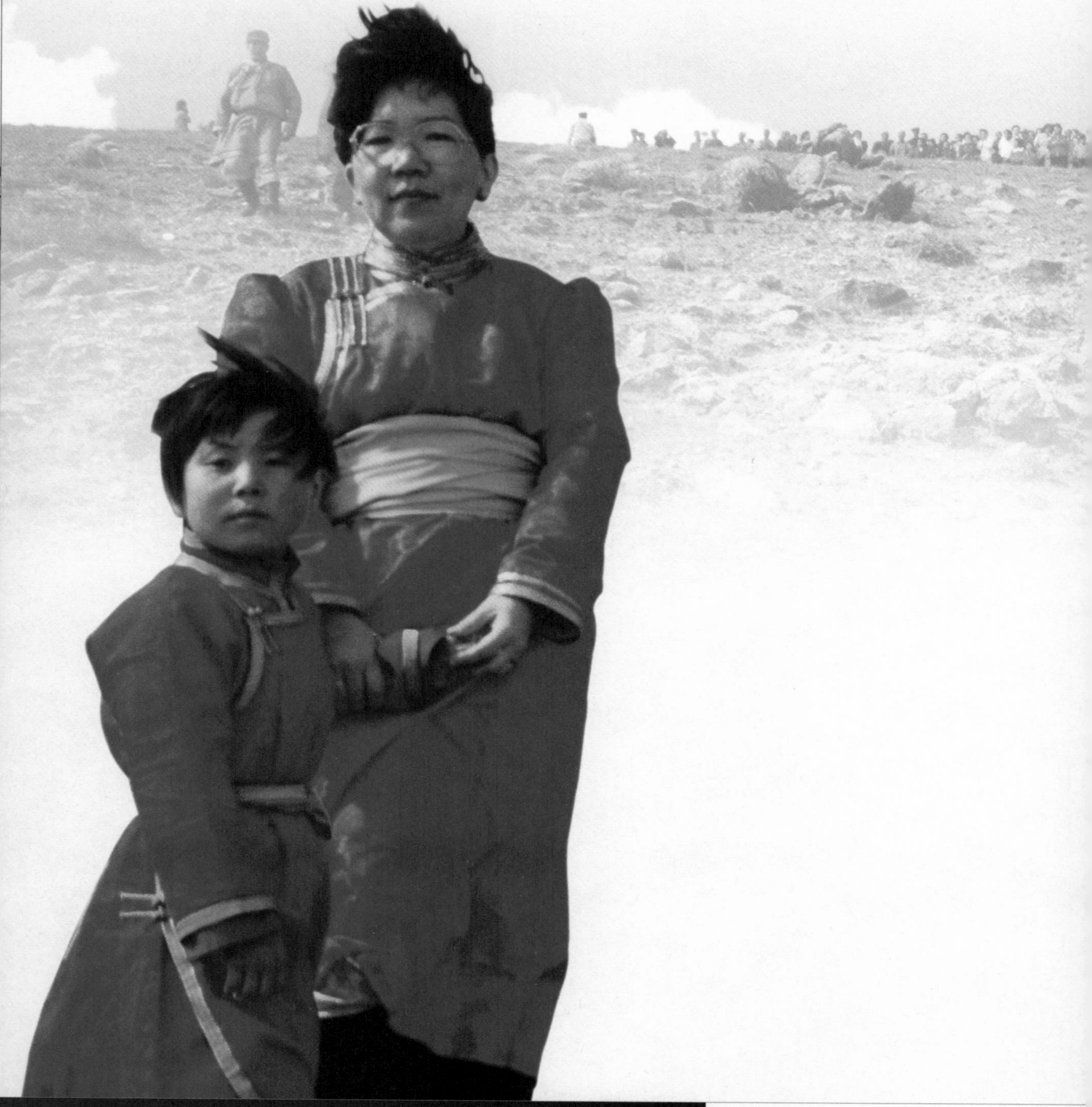

天色终于转成暗蓝，我牵起两个孩子的小手往回家的路上走去。我还要要求什么呢？土地还在，亲人还在，幼小的孩子们在这块土地上还会一天一天地慢慢长大，我们此刻无法实现的许多梦境，也许在将来会以不同的方式由他们实现也说不一定。——→我得承认，这个世界虽然并没有我们盼望的那么好，可也真的并不像我们想象的那样坏啊！

父亲的草原母亲的河

父亲曾经形容那草原的清香

让他在天涯海角也从不能相忘

母亲总爱描摹那大河浩荡

奔流在蒙古高原我遥远的家乡

如今终于见到这辽阔大地

站在芬芳的草原上我泪落如雨

河水在传唱着祖先的祝福

保佑漂泊的孩子找到回家的路

虽然已经不能用母语来诉说

亲爱的族人　请接纳我的悲伤

请分享我的欢乐

我也是高原的孩子啊心里有一首歌

歌中有我父亲的草原我母亲的河

我也是高原的孩子啊心里有一首歌

歌中有我父亲的草原啊

我母亲的河

1999 年初冬写给德德玛的歌

我有时候会想，对于我的父亲和母亲来说，他们在蒙古高原家乡所度过的少年时光，也许就是生命里仅有的一段不知忧患的岁月了罢？——→和整个一生长长的时间相比，那段时光何其短促！何其遥远！又因此而何其美丽！

到了夜里，当所有的人因为一天的兴奋与劳累，都已经沉入梦乡之后，我忍不住又轻轻打开了门，再往白天的那个方向走去。⟶在夜里，草原显得更是无边无际，渺小的我，无论往前走了多少步，好像总是仍然被团团地围在中央。天空确似穹庐，笼罩四野，四野无声，而星辉闪烁，丰饶的银河在天际中分而过。⟶我何其幸运！能够独享这样美丽的夜晚！⟶当我停了下来，微笑向天空仰望的时候，有个念头忽然出现：⟶"这里，这里不就是我少年的父亲曾经仰望过的同样的星空吗？"⟶猝不及防，这念头如利箭一般直射进我的心中，使我终于一个人在旷野里失声痛哭了起来。⟶今夕何夕！星空灿烂！

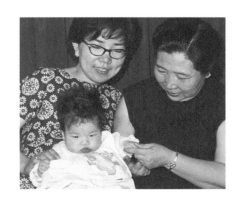

母亲对我的女儿无限疼惜。1971年祖孙三人合照。

我一直想去重寻母亲的记忆。在离开了父亲的草原之后，我和朋友驱车直奔克什克腾旗，直奔我母亲生长的土地，直奔那一条大河，直奔那河流的源头，直奔那纠缠在我心中如波涛般起伏翻涌的渴望。——→那是母亲曾经一再对我们形容过的无边无际芳香满溢的原始松林。

　　当我们穿过了小树林子，走下了长长的陡峭难行的沙丘，终于下到河谷深处的时候，天色已经很晚了。——→这里是一处三面有山，地层突然深陷的山谷。在最接近山壁的那块沙土地上，一片泥泞，仔细看过去，才发现有水不断从地面渗出来，把沙土地都染湿了。——→渗出来的水在短短两三公尺的距离里就汇成流泉，有了声音，再流出十几公尺之后就变成一条浅浅的溪流，岸边杂生着矮树丛和野花，再继续往前流着，水声越来越大，在稍远的树丛之间一转弯，就俨然成为一条小小的河流往远方流过去了。

我赤足走进浅浅的溪流之中，虽然是九月初温暖的天气，溪水却冰冽无比，我的脚好像是站在冻结的冰块上一样，一会儿就疼痛起来，可是，你可以想象我心里沸腾的热血。——→你该知道，我是多么以自己的血源而自豪啊！父母的家乡虽然遭到了许多人为的破坏，可是，只要这块土地还在，生命里的许多渴望仿佛都在这个时候挣扎着拥挤着突围而出。站在希喇穆伦河的河水之中，只觉得有种强烈和无法抵御的归属感将我整个人紧紧包裹了起来，那样巨大的幸福足以使我们泪流满面而不能自觉，一如在巨大的悲痛里所感受到的一样。——→多年来一直在我的血脉里呼唤着我的声音，一直在遥远的高原上呼唤着我的声音，此刻都在潺潺的水流声中合而为一，我终于在母亲的土地上寻回了一个完整的自己。——→生命至此再无缺憾，我俯首掬饮源头水，感谢上苍的厚赐。

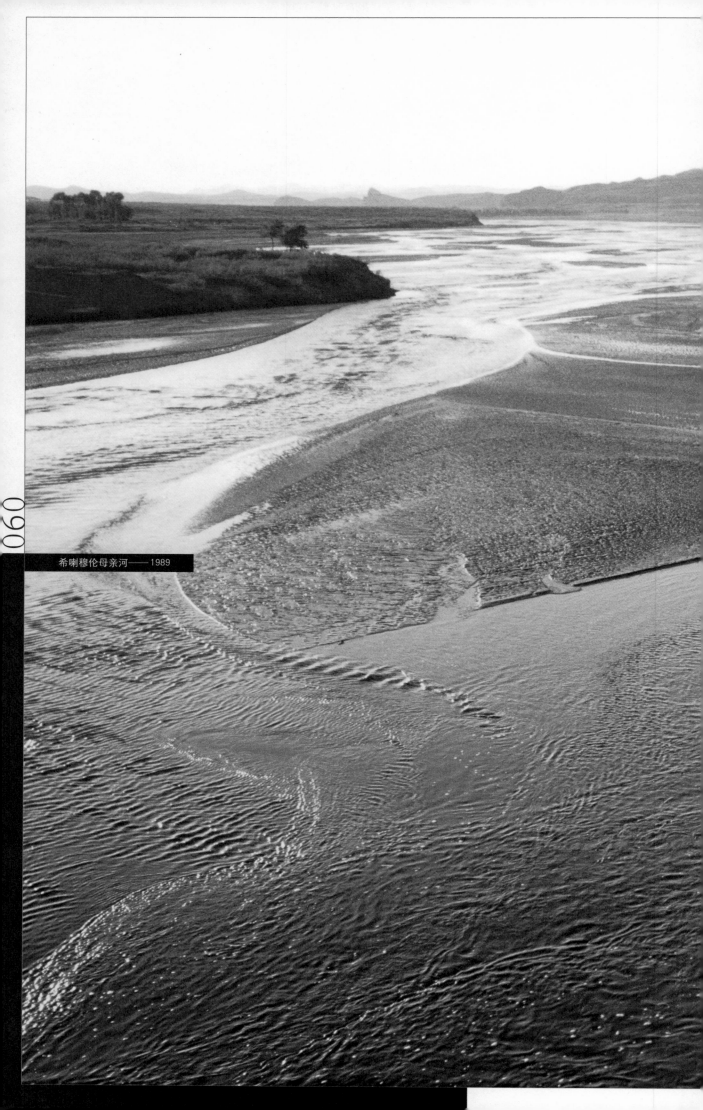

希喇穆伦母亲河——1989

060

河 水 在 传 唱 着 祖 先 的 祝 福

保 佑 漂 泊 的 孩 子 找 到 回 家 的 路

那条河总是一直在流着的。外婆曾在河边带着弟妹们游玩。每一个春天，她也许都在那解了冻的河边看大雁从南边飞过来。而当她有一天过了河，嫁到河那边的昭乌达盟去了的时候，河水一定曾喧哗地在她身后表示着它的悲伤罢。

小时候爱求外婆讲故事，又爱求外婆唱歌。可是每次听完以后，都不能很清楚地把内容完全记下来，等到第二次外婆要我们重述的时候，我们总是结结巴巴地，要不然就干脆一面笑着，一面跑开了。外婆一定很失望罢。

但是，那条河总是一直在流着的，而在外婆黑夜梦里的家园，大概总有它流过的喧哗的声音。"大雁又飞回北方去了，我的家还是那么远……"用蒙古话唱出来的歌谣，声音分外温柔。而只要想到那条河还在那块土地上流着，就这一个念头，就够碎人的心了。

而我今天多么渴望能重听一遍那条河的故事！谁能告诉我，多少年前，那十八岁少女的面貌曾有多少飞扬的光彩？谁能告诉我，那草原上的男孩子们曾几次驰马掠过她的裙边？谁能告诉我，那一颗年轻的心里，曾充塞了多少对这一块土地的热爱？而在她转身离开这条河时，是不是也以为明天又会再回来？——→我能问谁呢？我想，大概就只有问这一条河了。

于是，这条河也开始在我的生命里流动起来了。从外婆身上，我承继了这一份对那块我从来没有见过的土地的爱。离开她越远，这一份爱也越深，芳草的颜色也越温柔。而希喇穆伦河后面紫色的山脉也开始庄严地在我的梦中出现，这大概是外婆生前没有想到的罢。

　　族人为归乡的我举行献祭，
祭奠一开始，撼人的强风不断袭来，我们就跪在砾
石间，山岗最高处，是我们家族世代祭祀的敖包。
半圆形的石堆之上，只插有一根独木，在风云急涌
的苍穹之下寂然屹立。这就是曾经在这块土地上
兴兴旺旺生活过的那个骄傲的家族最后和仅有的坚
持了吗？跪在几经浩劫的族人之间，我不禁泪下。

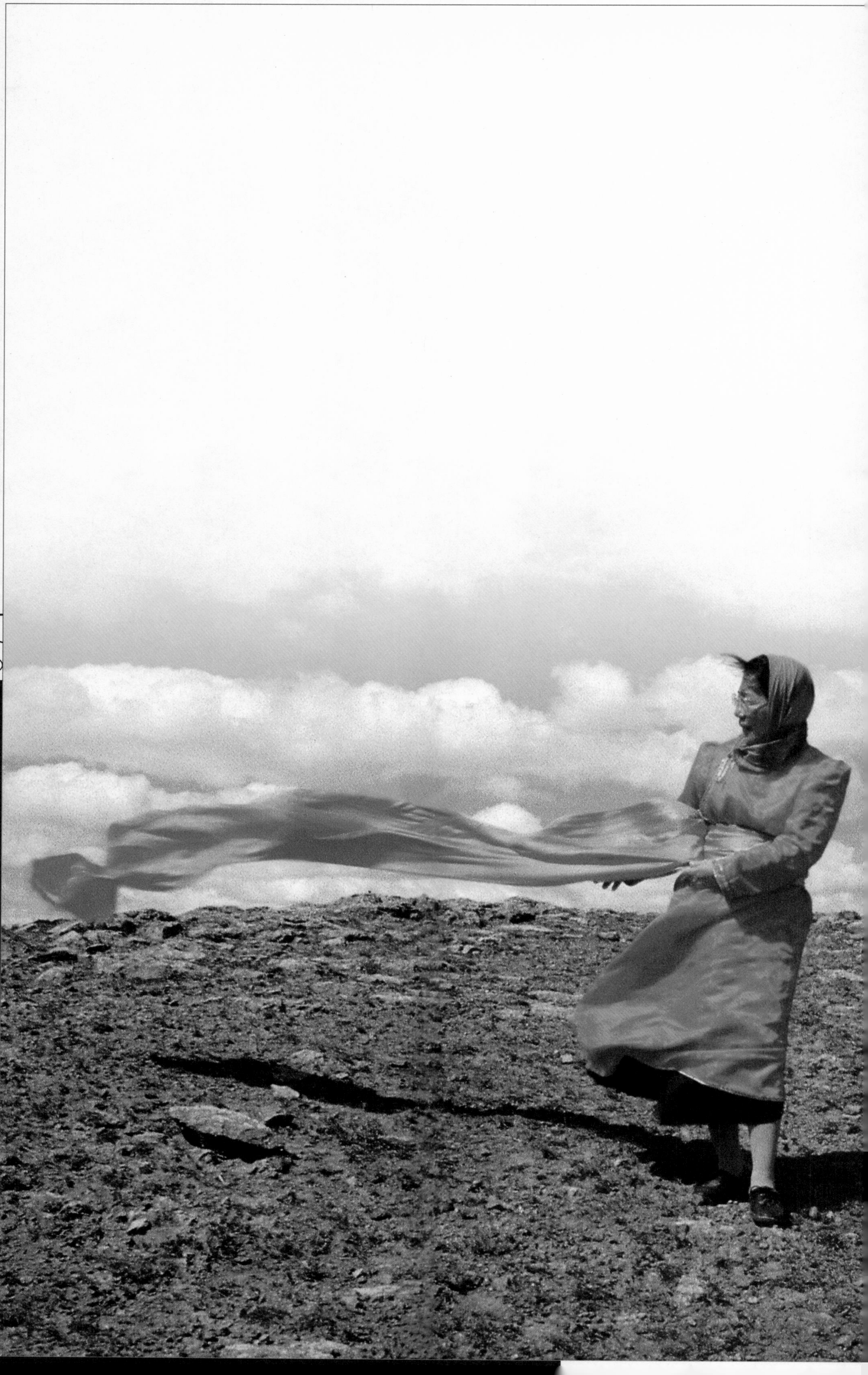

天地山川的神祇，请赐给我们坚持下去的力量。当子民跪在砾石之上献祭的时候，请俯听我们的祈祷，请相信我们发自深心的，千年以来从未改变的虔诚。——>那天，祭奠一结束，立刻风停云散，阳光普照，大地重新恢复寂静。族人微笑前来邀我下山，他们纯朴的笑容仿佛在告诉我，腾格里神虽然已经又回到了长青的天上，却把温暖和安慰都留在我们中间了。——>在下山之时，我频频回顾，苍天寂寂，诸神静默。从那一刻开始，我的愿望竟然永无止境，对这个民族的梦想，成为心中永远无法填满的深渊。

2 追寻梦土

这里是不是那最初最早的草原
这里是不是 一样的繁星满天

这里是不是
那少年在梦中骑着骏马 曾经
一再重回 一再呼唤过的家园

如今 我要到那里去寻觅
心灵深处
我父亲珍藏了一生的梦土

梦土上 是谁的歌声嘹亮
在我父亲的梦土上啊
山河依旧 大地苍茫

2000.7.27

阿𖤘

克魯倫

克什克騰旗
(經棚) ←

二連浩特 ←

居延海
黑水城

額濟那旗
(達來呼布)

阿拉善盟

巴彦淖爾盟
臨河

烏蘭察布盟
包头
呼和浩特

弱水 →

烏海
伊克昭盟
東勝

阿拉善左旗
(巴彦浩特)

烏審召
→ 伊金霍

巴丹吉林沙漠

烏審旗
毛烏素沙地

騰格里沙漠
黄河

● 這幅小圖中所標示的只是内蒙古自治區的
行政區域，總面積為 1,183,000 平方公里。
但是，中國各地還有許多蒙古族人，我曾經
兩次去採訪的新疆也不在此圖内。

額爾古納母親河

→敖魯古雅
→滿歸　┐根河市
現稱
呼倫貝尔市

莫尔道嘎←
額尔古納市←
陳巴尔虎旗←
滿州里市↖
倫湖─
虎右旗

呼倫貝尔盟

海拉尔

→鄂倫春自治旗
（阿里河）

←大興安嶺
→鄂溫克自治旗
（巴彦托海）

→紅花尔基
→諾门罕

貝尓湖
哈拉哈河

興安盟
烏蘭浩特

虎左旗

東烏珠穆沁旗

→巴林左旗（林東）
→阿魯科尓沁旗（天山）

刁嘎旗　錫林浩特

赤峰市

通遼
哲里木盟

白城（查干浩特）
→翁牛特旗
→敖漢旗

林郭勒盟

赤峰

→喀喇沁旗
→寧城

鑲白旗

多倫
→凌源
希喇木倫河

張家口
太仆寺旗

（元上都）
正藍旗
◎北京

承德

原為昭烏達盟,意即"盟會於白柳之地"。

烏蘭布統

→樺木溝林坊

慕蓉 註記於 2005年盛夏

新疆天山巴音布鲁克草原

与夫婿海北在天山，1992 年。

天山巴音布鲁克草原，天鹅湖。

若是问我，每次舟车劳顿，千里迢迢的到了蒙古高原，最想要的是什么？ ——→我一定会说，没有比走在无边无际的夏日草原上更好的事了！ ——→野生的香草，在夏日遍布草原，好几种香味混合之后，那强烈的芳草如药酒又如甘泉那样的提神醒脑，沁人心肺，进入每一种感觉细胞的最深处，让生命苏醒，让我忘记了所有的疲劳困顿，只想就这样一步一步地走下去。

我当然明白我的祖先在游牧生活里有许多艰难之处，可是，七八月间，时当草原的盛夏，阳光静好，青草繁茂，鹰雕从云层下低飞掠过，草丛间被我们的脚步声惊扰起来的蚱蜢和草虫，在身前身后弹跳得好远，还不断发出"嘎"声的鸣叫，旷野无人，只有轻柔的风声，这里，应该就是天堂了罢？

草原深处，有时会遇见一泓弯泉极尽曲折地流过。小河的流水清澈，河中长长的水草顺着水流的流势忽左忽右轻轻摆荡，连几颗小石子的滚动也看得清清楚楚；薄暮时分，从山腰往下眺望，那样一条狭窄弯曲的河流映着天空的霞光，像条灰紫色的发亮的缎带，在暗绿的旷野上蜿蜒伸展，不知道从何处起始？到何处终结？然而，我深信，几千年来我的祖先们所追求的"水草丰美"，应该就是这样了罢？

多年来，我养成了一种习惯，每次在画完了一幅大画，觉得很累的时候，为了休息，也为了愉悦自己，总会画些小幅的风景，构图上每次虽然都有些不同，不过总是会有一条长长的地平线，有几棵疏落的树，拖着长长的影子，我喜欢那一种简单的线条和安静的光影，人就会整个放松下来。——>后来，在我的素描插画里，也常会出现这样的画面，好几次，有朋友说：——>"你画的影子未免太夸张了罢？"——>我也承认，树影确实太长了一点，在现实世界里，好像不可能这样。不过，尽管如此，每次画的时候，总还是忍不住要把影子尽量拖长。

走 得 再 远　　也 从 来 不 会 真 正 离 开 那 青 碧 青 碧 的　草　原

1989年夏天，第一次踏上原乡。开始的那几天，我还没有发现这之间的关系，只是在进入了内蒙古牧区的草原之后，就恍如进入了一场美丽的梦境，周围的景色是那样熟悉与亲切，虽说是此生从未见过的土地，却又像是从来也没有离开过的地方。——→那种感觉很难说清楚，在奔驰的车中，我只是不断地向身旁的尼玛说：——→"好像做梦一样。"——→真的，好像身处于一场美丽的梦境，心中无限雀跃，又有一种微醺微醉的暖意在全身缓缓流动，禁不住地想微笑，想大声喊叫。就在那个时候，前面的车子慢了下来，王行恭从车中向我呼唤："席慕蓉，快看！这不就是你的画吗？"——→在我们前方，原野无边无际，有一棵孤独的树，长在漠野正中，斜阳把树影画得很长很长……

　　面对着心中和眼前的风景，我无限惊诧与激动，原来世间真有这样的画面！原来这就是揭晓的一刻！　——→在这恍然了悟的刹那间，我仿佛真的进入了梦境，在梦中对镜自照，看见生命在镜里正对我静静地展颜一笑。

到今天为止，算一算，我已经去了六次呼伦贝尔盟，只为那里有大兴安岭、有巴尔虎草原，还有我们心心念念的额尔古纳河。

⟶在阳光照耀，微风吹拂的眼前，那些水草在转折间所反射的光泽，一丝一丝如绣线般的金色细芒，如针刺一般刺进我的眼帘，也同时刺进了我的心中。⟶苍天在上！任何人，任何人都可以叫这一条河流为"界河"，惟独只有蒙古子孙不可以这样称呼她。⟶这条长达千里的河流，虽说是因为"尼布楚条约"而成为这三百年来中俄两国之间的分界线，但是，这只是政治上人为的界限而已。⟶对于蒙古民族的子孙来说，这一条河流是额尔古纳母亲河，是属于最早最完整的记忆，是不容分割的生命之河啊！⟶终于来到源头，让我把我微小的心愿就放在这河中的无人小岛之上罢。

在深山之中，每一座山林都好像是直直地随着山势往上腾跃着生长，看不见山壁上的土石，只看见浓密的金黄、碧绿和灰白。——→金黄和碧绿是以团云的形式，一片一片往外围漫开；而长在较为寒冷的高山上，叶子几近全落的白桦林，则是以深灰浅灰再加上银白的垂直线条紧紧地排列着，远看就像是随风而起的烟云和雾气。——→这些长在高处的白桦林，要怎么样才能形容呢？和落叶松的金黄，樟子松的碧绿交杂在一起，它们的颜色比较没有那么鲜明，有点带着粉彩的色调，又像是笔触很轻的铅笔素描。

有一次，车子刚转了个弯，有一整座山壁迎面而来又一闪而过，什么都来不及，来不及惊叹更来不及拍照，只知道一山的落叶松像是着了火一样的通体金红，在底下的一角有一整片的白桦枯枝，贴得紧密站得笔直，美得惊心动魄！——→我生在南方，长在南方，对于白桦的认识，是从俄国的文学、音乐和电影里面得来的零碎印象；而如锦屏一般的山林，我也只从日本画里有些画家的作品中看到一些，却从来没想到，这里原来也是白桦的原乡！

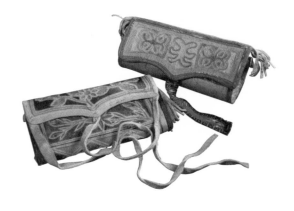

这整座大兴安岭，孕育了北亚的游牧民族，孕育了由来已久的"桦树皮文化"，孕育了这漫山遍野无穷无尽的美景。虽然我眼前所见的，都只是生长几十年而已的再生林，然而如果能真的实行"封山育林"的政策，我相信，生命的复元能力是很旺盛的。

我对生命，再不敢有怨言。

⟶童年少年时所不能得到的经验，上天如今加倍给我，在欣然领受之际，我知道这一整座大兴安岭都在帮助我，建构属于原乡的色彩记忆。

　　在这几年中，我多次上大
兴安岭，虽然好像都不是别的朋友所说的"绝美时
刻"，却仍是令我惊艳。那种在平日生活中所无法得
到的美感震撼，随时随地会出现在眼前。整座秋山，
虽然已不是绝对的金黄翠绿，然而那稍稍暗下来的
铬黄和雨后砂土路上湿润的赭黄，还有路边树干上
苔藓的石绿，再加上树下整片深黑的灌木丛细细的
枯枝，那样沉静的秋色不也是一种无法取代的美？

如果再在一转弯之后，忽然看见一条闪着细鳞般波光的河流迎面而来，或者是一座横跨在山林之上的彩虹，有一端隐没在被细雨浸湿了的金黄色落叶松之中，光影互相映照，使得整座落叶松林的顶端从我们置身的高处远远望去，竟然幻化成为一大片金色的湖水。

有哪一种颜色不是绝美？

有哪一个时刻不是难得的丰收呢？——→而惟一的遗憾，恐怕只是没能在更早的岁月里见到大兴安岭罢。如果早几十年，在"巨树的故乡"这个称号还没有成为传说之前，在原始森林还没有被砍伐摧残之前，如果我的童年能在大兴安岭度过，如果我所有的美感经验是由大兴安岭启蒙，那生命又会是什么面貌？

土 地 ， 到 底 是 什 么 呢 ？

她 是 一 处 空 间 ， 更 是 一 代 又 一 代 的 祖 先 所 累 积 下 来 的 记 忆 ， 是 极 近 又 极 远 的 低 声 呼 唤 。

漂泊的族群其实不一定是远离了家乡，就算是一直生长在自己的土地上，也可能是不知根源的浮云啊！——那么，也许任何时候开始都不算太晚罢？只要我们愿意面对自己的来处，让所有的颜色和光影——进入，让记忆的库存越来越丰厚饱满，那所谓的"乡土"，就再也不是可以被他人任意夺取的空白了罢？

父亲的故乡

我把父亲留下的书都放在
我的书架上了
当然　只能是一小部分
父亲后半生的居所在莱茵河边
我不可能
把他的书房都搬回来

隔着那样遥远的距离
不可能搬回来的还有
父亲心中的　故乡

生命如果是减法
记忆　就是加法
是我八十八岁在异国静静逝去的
父亲的财富　是用一年比一年
更清晰完整的光影与回音
筑成的　百毒不侵的梦土

父亲是给我留下了一个故乡
我却只能书写出一小部分
是那样不成比例的微小啊

纵使已经踏上了回家的路
却无人能还我以无伤的大地

昨天如果是加法
这今天和明天　就是减法
是一日比一日的拥挤和破败
是一日比一日的更远　更淡
更难以触及的根源

父亲是给我留下了一个故乡
却是一处
无人再能到达的地方

　　　　——2000.4.15

塔克拉玛干、楼兰、罗布泊都是我的梦！是从小就刻在心上的名字！是只要稍稍碰触就会隐隐作痛的渴望！要怎么样才能让别人和自己都可以明白？那是一种悲喜交缠却又无从解释的诱惑和牵绊啊！

车子走在新疆的戈壁滩上，巴岱先生忽然问我："你知道塔克拉玛干这个名字的意思吗？"——→我不知道，但是海北说他知道，去年，他曾经从甘肃进去过，向导说这个名字是"死亡之海"，也有人说直译应该就是"无法生还之地"的意思。

巴岱先生却说："解释有很多种，每个民族都说这是用他们自己的文字起的名字。我倒是比较喜欢维吾尔文里的一种翻译，说'塔克拉玛干'的意思就是'故居'。"——→我的心在猛然间翻腾惊动了起来，原来谜底就藏在这里，这是多么贴切的名字！

今日荒寂绝灭的死亡沙漠原是先民的故居，是几千年前水草丰美的快乐家园，是每个人心中难以舍弃的繁华旧梦，是当一代又一代、一步又一步地终于陷入了绝境之时依然坚持着的记忆；因此，才会给今天的我们留下了这一种在心里和梦里都反复出现的乡愁了罢。——故居，塔克拉玛干，在回首之时呼唤着的名字。此刻的我在发声的同时才恍然了悟，我与千年之前的女子一样，正走在同样的一条长路上。——有个念头忽然从心中一闪而过，那么，会不会也终于有那样的一天？——几百几千或者几万年之后，会不会终于有那样一天？仅存的人类终于只好移居到另外的星球上去，在回首之时，他们含泪轻轻呼唤着那荒凉而又寂静的地球——别了，塔克拉玛干，我们的故居。

3

创世纪诗篇

瞳孔（维吾尔）

她将宇宙的尘灰满满地吸入，再缓缓地吐出。
让最亮的一颗成为太阳，最美的一颗成为月
亮。至于那些最卑微细小四处散飞的泥点，就
成了人。

阿雅勒腾格里是创世的女神。

每当她张开双眸，就是我们的白昼，每当她闭
上双眼，天地间就只剩下暗黑一片。

她将宇宙的光亮收藏在她的瞳孔之中。

阿雅勒腾格里啊！是创世的女神。每夜每夜，
她微微睁开惺忪的睡眼，以满天的星光来凝
视众生。

天马（卫拉特蒙古）

创世的女神，以巨大的形象显现。

当她的长发涌动，是乌云疾飞过天穹。

当她步履轻移，大地都为之战栗。

麦德可尔敦，创世的女神，她的坐骑有九个勇
猛和热烈的灵魂，永不疲倦地在天际驰骋；看
那！那白色长长的鬃毛熠熠生光，那金色的
鞍辔何等华丽明亮！

当她骑上天马巡行在宇宙之间，那样空旷和
寂寞的宇宙啊！也不禁在心中生出无限的艳
羡，万物于是在瞬间苗生，只为了，只为了能
够点缀些颜色在马蹄的边缘。

麦德可尔敦，创世的女神。

麦德可尔敦，创世的女神。

鼓声（满——通古斯）

咚咚，咚咚，咚咚，咚咚……

听！阿布卡赫赫正在击鼓，在人间最早最早
的拂晓，在莽原的最深处。

咚咚，咚咚，咚咚，咚咚……

听！阿布卡赫赫正在击鼓，一声紧接着一声，
怎么也不肯停顿。

这鼓声是宇宙最初的声息，是生命最初的
记忆。

一声紧接着一声，恒久而又热切，让天地互相
撞击，让血脉开始流通，让阳光灿烂，让暴雨
滂沱，让众生从暗夜里苏醒，让我们有了丰盈
的心灵。

是她在击鼓！是她在击鼓！天之骄女啊创世
之神，万物都在她的鼓声中诞生。

是的，所有的讯息都从鼓声中传来，包括我们
那不自觉的渴慕与期待。

长路漫漫，总有她的鼓声为伴。
仿佛是抚慰我们的犹豫和踟蹰。
仿佛是抚慰我们的寂寞和孤独。

咚咚，咚咚，咚咚，咚咚……

听！阿布卡赫赫正在击鼓，在草原最早最早
的拂晓，在我们心中那莽原最深之处。

咚咚，咚咚，咚咚，咚咚……

听啊！阿布卡赫赫正在击鼓。

2004.10.27

在如今的内蒙古鄂尔多斯高原上，我们找到了地球上最古老的岩层——高龄三十六亿年！ ——据说，在蒙古高原地表上，离今天大概有三亿五千万到两亿七千万年之间，曾经长满了高大粗壮的蕨类植物。据说，像是"鳞木"和"芦木"都长得根深叶茂，可以达到三四十公尺的高度。之后，这些大片的森林，又随着地壳的缓缓下降以及流水的冲刷，逐渐沉埋进沼泽和泥沙中，而在它们之上，新的森林再继续生长；这种不断沉积、埋葬又重新萌发的过程，似乎是永无止境的循环，再经过两亿五千万年的碳化和演变，终于成为今日累积在地下巨大而丰厚的煤田。

那么，有没有可能？在悠长的时光里，天地大化，曾经有过短暂如一瞬间的恍惚，有过渺小如一丝缝隙般的疏漏，因而忘记了几株无邪无知却又坚持要继续生长下去的苗木？——→我多么愿意相信，那些隐藏在黑暗角落还没有被我们发现的许多"可能"啊！——→就譬如那些被我们一一唤醒的沉睡的巨兽，若非亲眼见到那已陈列在博物馆里的巨大骨架，否则谁能知道恐龙和其后的巨犀，是以怎样庞然的身躯走过这个世界的？

在我母亲的故乡热河昭乌达盟（今称赤峰市）翁牛特旗北部的上窑村，也有相同的发现。好像马、牛、羊、鹿，都已经成群生活在人类的周围了，然而又还不完全是今天我们所习见的模样。隔着一段模糊的距离，它们的身影似乎特别引人揣想，还有那些名字——譬如"披毛犀"、"猛犸象"、"普氏野马"、"东北牛"、"恰克图扭角羊"、"野骆驼"和"赤鹿"等等，都好像是只有在神话里才会出现的名字啊！——>当赤鹿奔过原野，我母亲的故乡，曾经是神话和传说里的世界。

猛犸象

——从蒙古高原地下掘出的远古巨兽,
有的骸骨完整姿态安详宛如尤在沉眠中。

荒莽

忽升忽降

成形复陷落的循环

忽明忽暗这长夜何其漫漫

啊

此刻

在它的梦里

记忆仍是温暖的

只管沉睡在浓密的绿荫下的猛犸象

任时光如河水般从身边静静流淌而过

只管沉睡在丰厚的煤层里的猛犸象

记忆仍是温暖的

在它的梦里

此刻

啊

我们也许只是忽隐忽现

那最轻最轻的脚步

最遥远的

星光

——2001.9.27

珊瑚出现的年代，那时地壳颤动频繁，时升时降，时海时陆。据说在那个时代里，海水清澈而又温暖，从粉白到艳红的珊瑚就在海底伸展堆叠繁殖，无限量却也是空前绝后地盛开，成为蒙古高原远古史上海洋生物中最后一抹的绚丽光彩。──是不是因此而让我们特别偏爱珊瑚呢？蒙古女子的首饰，珊瑚是主角，其次是琥珀和珍珠，这三样刚好都不是如其他的配饰像玛瑙或绿松石一般的矿石。珍珠原是蚌的心事，琥珀是松脂的泪滴，而珊瑚则是古海中最美好的记忆，都是由时光慢慢凝聚而成的宝物。──或许正因为如此，蒙古文字对美丽的赞叹字汇之中常常包含了极深的疼惜，凡是可爱之处，必有可怜之因，在无边大地上，只有时光成就一切，包括我们的繁华和空芜。

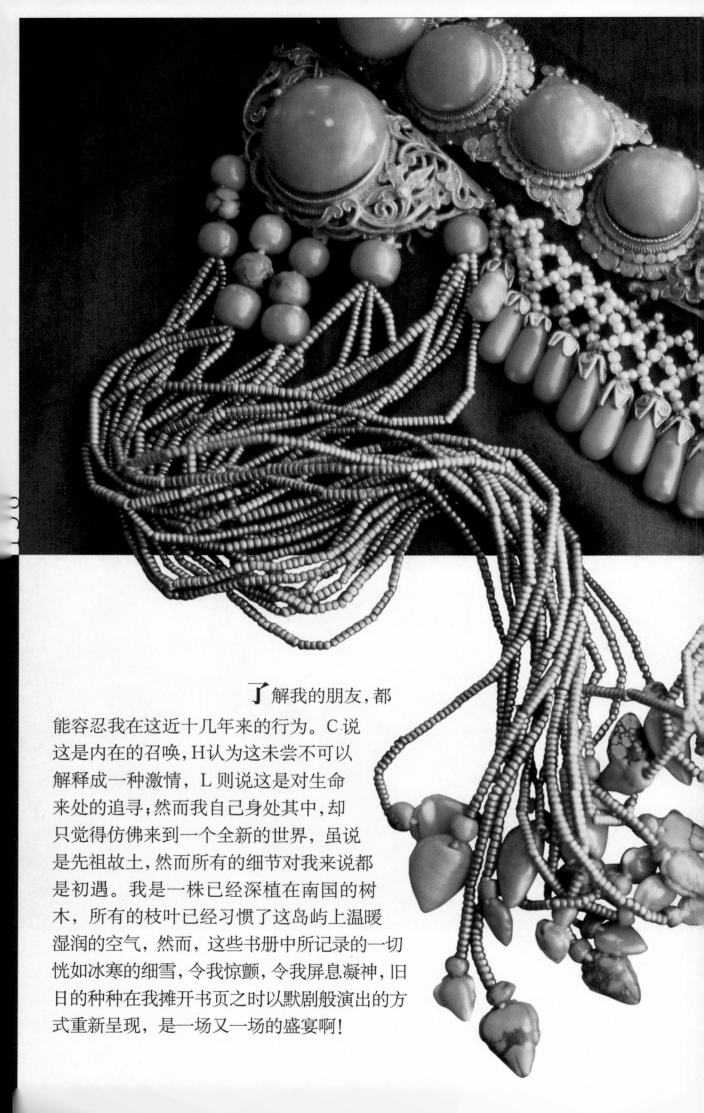

了解我的朋友，都
能容忍我在这近十几年来的行为。C说
这是内在的召唤，H认为这未尝不可以
解释成一种激情，L则说这是对生命
来处的追寻；然而我自己身处其中，却
只觉得仿佛来到一个全新的世界，虽说
是先祖故土，然而所有的细节对我来说都
是初遇。我是一株已经深植在南国的树
木，所有的枝叶已经习惯了这岛屿上温暖
湿润的空气，然而，这些书册中所记录的一切
恍如冰寒的细雪，令我惊颤，令我屏息凝神，旧
日的种种在我摊开书页之时以默剧般演出的方
式重新呈现，是一场又一场的盛宴啊！

而在蒙古高原上，还有一样也是历经千劫百难却始终不曾消失的圣物——敖包。──➤"敖包"是蒙古语系民族的专有名词，是指堆积起来的石头，石堆的意思。用蒙语发音近似英文OBOO的音，不过后面的母音是轻声，也有人译成"鄂博"。──➤在蒙古高原以及凡是有蒙古族群居住的地方，譬如新疆天山或者青海草原，都处处可见敖包的踪迹。

有学者说"敖包祭"与"敖包文化"应该是萨满教的源头，比萨满教还要更早。因为萨满教义内有三种信仰内容，一是大自然崇拜，二是图腾崇拜，三是始祖崇拜。而敖包祭是只以大自然崇拜为目的，因此可能来自比萨满教更早更为原始的一种信仰和文化形态。——→也有学者说敖包几乎是古文化的活化石，是从初民时代留存到今天的信仰的见证。

萨 满 教 义 的 精 髓 是 " 和 谐 " ， 初 民 坚 信 万 物 有 灵 ， 众 生 平 等 ．

必 须 与 宇 宙 和 谐 相 处 。

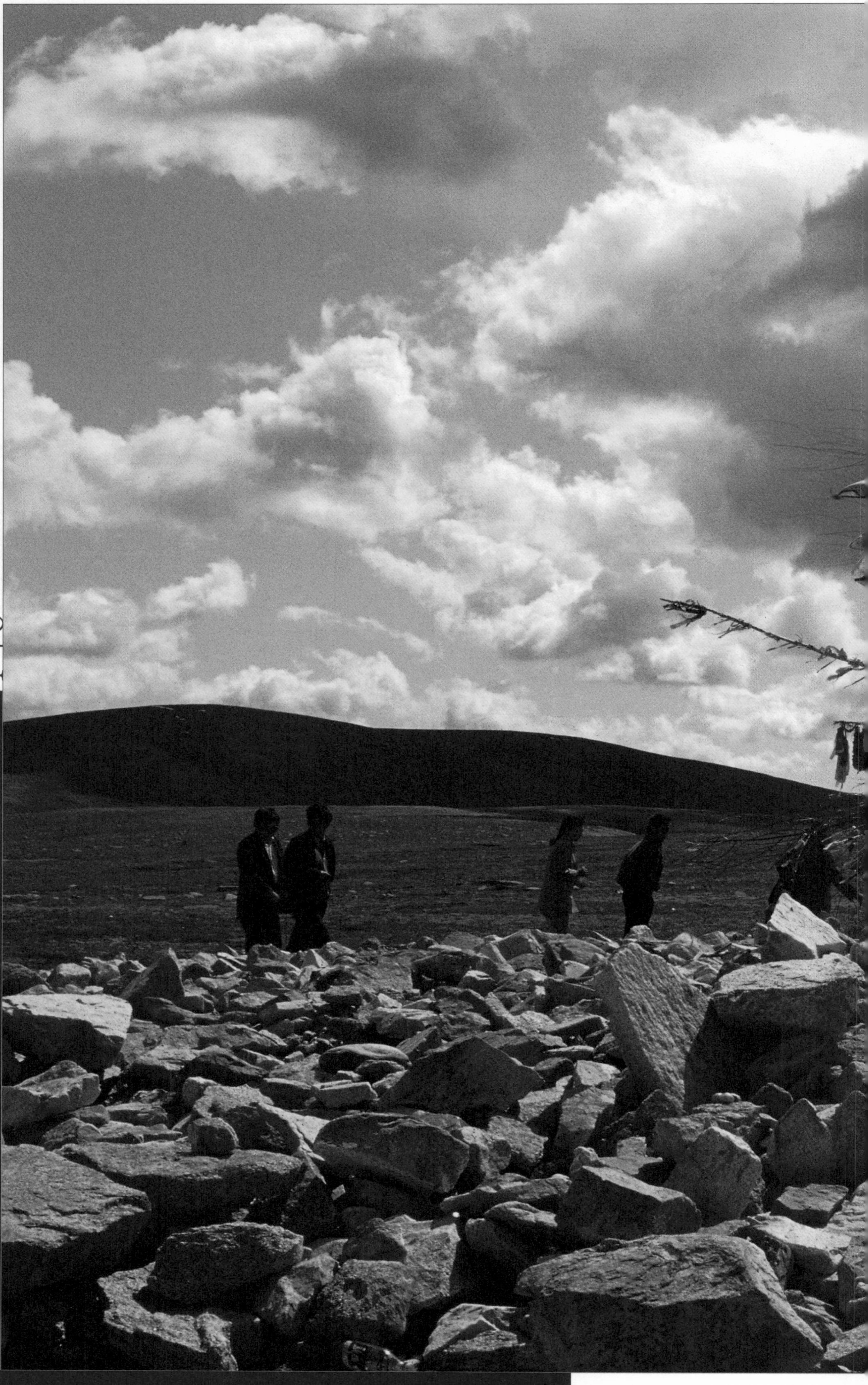

用镜子描摹欲望 用时间改写长路上的忧伤

用沉默来掩埋一生的错愕

用漂泊来彰显故乡

远古的初民坚信自然天体具有生命、意识以及伟大的能力，这样的信仰虽然在之后悠长的岁月中历经了种种的发展与修饰，然而主要的精神却从来没有任何改变。从小，父亲就告诉我，他相信大自然之中有一种力量。而如今，年岁渐长的我，回顾来时路，也越来越相信父亲所说的话，大自然中是有一种令人不能不信服而又深深爱慕的力量啊！

"**阿**尔泰语系"是语言学上的分类，之下还分三个语族：突厥语族、蒙古语族、满－通古斯语族。——→如今古老的阿尔泰语系民族已经繁衍扩散成为有着五十多个不同名称的民族了，总人口数有一亿左右，分布在东起鄂霍茨克海，西至横跨欧亚大陆的安纳托利亚半岛之间。俄罗斯境内以及其周边、蒙古、中国、阿富汗、巴基斯坦、伊朗、土耳其、塞浦路斯等地，是他们主要的生活地区，另外，在西亚和东欧的一些国家里也有比较少数的居民。

这是游牧文化里留下来的最早的部落聚居场景。

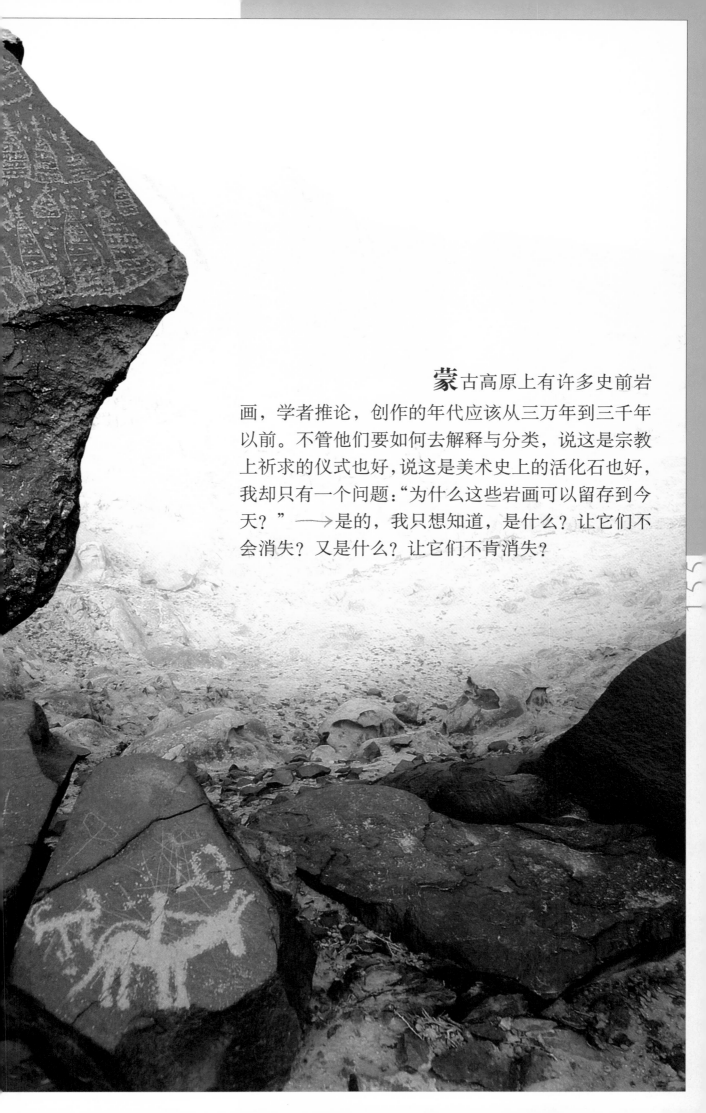

蒙古高原上有许多史前岩画，学者推论，创作的年代应该从三万年到三千年以前。不管他们要如何去解释与分类，说这是宗教上祈求的仪式也好，说这是美术史上的活化石也好，我却只有一个问题："为什么这些岩画可以留存到今天？" ——→ 是的，我只想知道，是什么？让它们不会消失？又是什么？让它们不肯消失？

在曼德拉山的山巅，所有的岩画都在原位，好像当年那些刻凿的人才刚刚离开，我们就闯了进来似的。——→是什么力量让这些岩画依然拥有青春的容颜？是谁？在这不断变幻着的时空之间，选择可以消失或者不可以消失的诗篇？

摄影家哈斯巴根带我穿越巴丹吉林沙漠，
攀上曼德拉山。

整座曼德拉山，是一座史前岩画的宝库。——→还记得泰戈尔的那句诗吗？"你是谁啊？你，一百年后诵读我诗篇的人？"——→那天，站在曼德拉山上，我想，我应该是听见那句问话了。有人从悠远的时光里回身轻轻问我："你是谁啊？你，一万年后诵读我诗篇的人？"

记得在初初见到红山文化遗留下来的那座圆形祭坛之时，我心中也有着同样的惊动。生活在蒙古高原上的先民，曾经在祭坛的外围，以长方形的石块整整齐齐地砌下三道环形边线，竟然可以历经五千五百年的时光而不离不变！

赤峰城北的英京河，是6,000年前红山文化的发源地。

上图: 赤峰红山后

五千五百年前先民手砌之石砖为圆形祭坛作边线

赤峰，在我母亲的家乡热河昭乌达盟，蒙古名字是"乌兰哈达"，就是"红山"之意，因为在城的东北有一座由花岗岩组成的红色的山峰而得名，英金河由城西经城北向红山流去，再转折而流入老哈河。六千年前的"红山文化"在此发源。

而我，是来迟了吗？曾经
摆列着供品的巨石就在身旁，平滑的石面上，犹有
余温，犹有，为插入旗杆而准备的深而细的圆孔的
凿痕。（是为展示那彩色的旗幡，还是为了向神祇
献上那遍野盛开的牡丹？）

敖汉旗城子山遗址，距今 4000 年。

我多想知道，在高高的山岗上，俯视那无垠广漠，是谁？留下了这一座精心砌就的邦国？纵使祭坛和城垣已多有残缺，依然深藏着许多光影分明的细节。——→光影分明，交错重叠如透明的蝶翅，这几乎伸手就可触及的昔日……

敖汉旗城子山遗址

史记五帝本纪第一，记载了传说中的公孙轩辕代神农之位而成为黄帝之后——"天下有不顺者，黄帝从而征之……北逐荤粥，合符釜山……"——→这个在中文书写的历史里一直不肯顺服的"荤粥"，音 xūn yù，又写作"獯鬻"，史记索隐里说是"匈奴别名也，唐虞以上曰山戎，亦曰熏粥，夏曰淳维，殷曰鬼方，周曰猃狁，汉曰匈奴。"——→在这些被汉文音译得奇奇怪怪的名字中间，亚洲北方的游牧民族其实早已有了自己的信仰与文化，并且在蒙古高原上逐渐发展出独具特色的艺术风格，正式进入了青铜时代。

　　这段时间历时一千六百年，从纪元前的一千五百年甚至更早就开始了，一直到纪元后一百年甚至稍晚，当铁器出现时才慢慢被取代（时当中国的早商到两汉）。当时的草原艺术家制作了许多精彩的青铜器，从实用的刀、剑、马具到纯粹为装饰用的饰牌等等，都是以动物纹饰为主题，观察入微，生动活泼。——→如今我们可以从出土的文物中看到长时期的形成与发展，几乎就是一部游牧文化的忠实绘本。在南方的中国正是春秋战国时期，而在亚洲的蒙古高原上，属于狄—匈奴族系的文化也在蓬勃发展。——→匈奴，是在蒙古高原上土生土长的游牧民族，也是在这块土地上最早建立行政组织，具有国家形态的民族，学者称之为"行国的始祖"。

我曾经看见过一块相当于西汉时期的青铜双羊纹带饰牌，长方形，最长的那边不过是十二公分左右，拿在手里可是沉甸甸的，原来应该是一对，做为带扣使用的。主题是两只大角羊在树下顾盼与警戒的描写。羊角上弯，成很大的弧形，和树枝树叶相连接，都用曲线来起伏转折，重叠之处，虽是厚重的青铜，却能给人一种轻盈的错觉，仿佛是有风刚从林间拂过，将枝叶分层微微掀起，真是奇妙极了！ ——→这一大片地区，几千年来都是游牧民族生息繁衍之所，文化的发生、传播与凝聚都自成一个独特和完整的体系。——→青铜时代是最美丽的证据！

在大兴安岭的丛山密林里长大的许多部族，虽然并不都是住在这样的洞穴里，但是自然环境大致相同。在悠久漫长的远古岁月中，每一个族群一定都曾经面对过这样的抉择罢。——→是什么因素影响了他们的决定？是领袖的魅力？是长者的智慧？还是整个族群的性格？时间已经过去了这么久，我们对当日的会议内容一无所知，我们只知道结论——

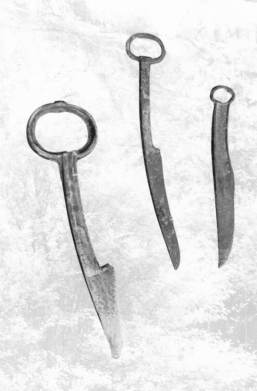

历经多次调查，考古学家米文平先生在1980年7月30日下午4点，发现了嘎仙洞石壁上的刻文，证实这就是史书上的"鲜卑石室"，解答了一个长达一千五百三十七年的历史谜题！

有人决定要留下来！ ——→

即使这些部族已经离开了初民的混沌时期，学会
了畜牧，知道用山羊驮载行李，知道用桦木皮搭
成敞棚和小屋作为居室，他们依旧眷恋着这巨大
而又温柔的大兴安岭，整个族群的人终生都从不
走出森林，世世代代在此定居，并且宣示："没有
比这更美好的生活，也没有比他们更快活的人。"
（《拉施特史集·森林兀良合惕部落》）

有人决定要走出去！ ⟶

譬如拓跋鲜卑，譬如蒙古。这两个民族的远祖终于带领着族群走出了大兴安岭，千年之后，他们的子孙都成就了难得的功业，一位在公元386年建立了北魏王朝，一位在公元1206年开始建立了大蒙古帝国。

而当我终于来到了大兴安岭，发现触目所及，都只剩下生长了二三十年的细弱的再生林，那些在四十年前据说还遍布四野的原始森林，那些粗壮浓密的树木都已经消失了。山上的野生动物有许多早已绝灭。如今只剩下不到一千人的鄂伦春族，全部都搬进了在低平之处政府为他们盖好的村落里居住，许多祭祀的仪式都被遗忘了，好听的歌声只能到文物陈列馆里的录影带中去搜寻。而大兴安岭之间到处都是曲折绵长的产业道路，鲁莽的扬着灰沙的运材卡车，日夜不停地在路上回转奔驰。——→要到了这个时候，我才明白，原来，再彪炳的功业虽然在最后都只能走进历史，可是，再单纯的愿望、再卑微的请求，再怎么与世无争的快乐，到了今天，也只能是永不复返的梦境了！

颂歌

——成吉思可汗：

"越不可越之山，则登其巅；渡不可渡之河，则达彼岸。"

祖先创建的帝国举世无双
何等辽阔　何等辉煌

立足于旷野　驰骋于无边大地
马背上看尽了世间的繁华兴替
那统御万邦的深沉智慧
是今日的我们所望尘莫及

吹拂了八百年的草原疾风
在众多的文化里成为泉源和火种
那广纳百川的浩荡胸怀啊
我们今日只能以歌声来赞颂

长风猎猎　从不止息
一如心中不灭的记忆
看哪　祖先创建的帝国举世无双
何等辽阔啊　何等辉煌

2004.3.1

"**成**吉思可汗的先世，是奉上天之命而生的孛儿帖·赤那。他的妻子是豁埃·马兰勒。他们渡海而来，在斡难河源头的不儿罕山前住下。生下巴塔·赤罕。"（《蒙古秘史·新译并注释》札奇斯钦·联经版）──→ 这是我们蒙古人的圣典《蒙古秘史》第一卷第一节的译文，"孛儿帖·赤那"是音译，原来蒙文的字意是"苍狼"。"豁埃·马兰勒"的意思，就是"美鹿"。──→苍狼与美鹿这对年轻夫妇横渡的海洋，其实是大湖。如果以今天在内蒙古自治区内的大兴安岭为出发点，他们渡过的就是呼伦贝尔盟的呼伦湖；如果是以如今在布里雅特蒙古共和国的境内，也就是南西伯利亚的原始山林为出发点，他们渡过的就是贝加尔湖了。

这两处湖泊，我有幸都见到了。然而，站在湖边，无论是呼伦湖还是贝加尔湖，无论是前者的两千三百三十九平方公里，还是后者的三万一千五百平方公里的面积，对我而言，并没有什么差别，在我眼前，都是汪洋大海，想到先民当年要跨越这淼淼烟波，是需要有何等样巨大的勇气啊！ ——→而这浩瀚的湖面，是不是正好象征了从游猎进入游牧文化的时代区隔？

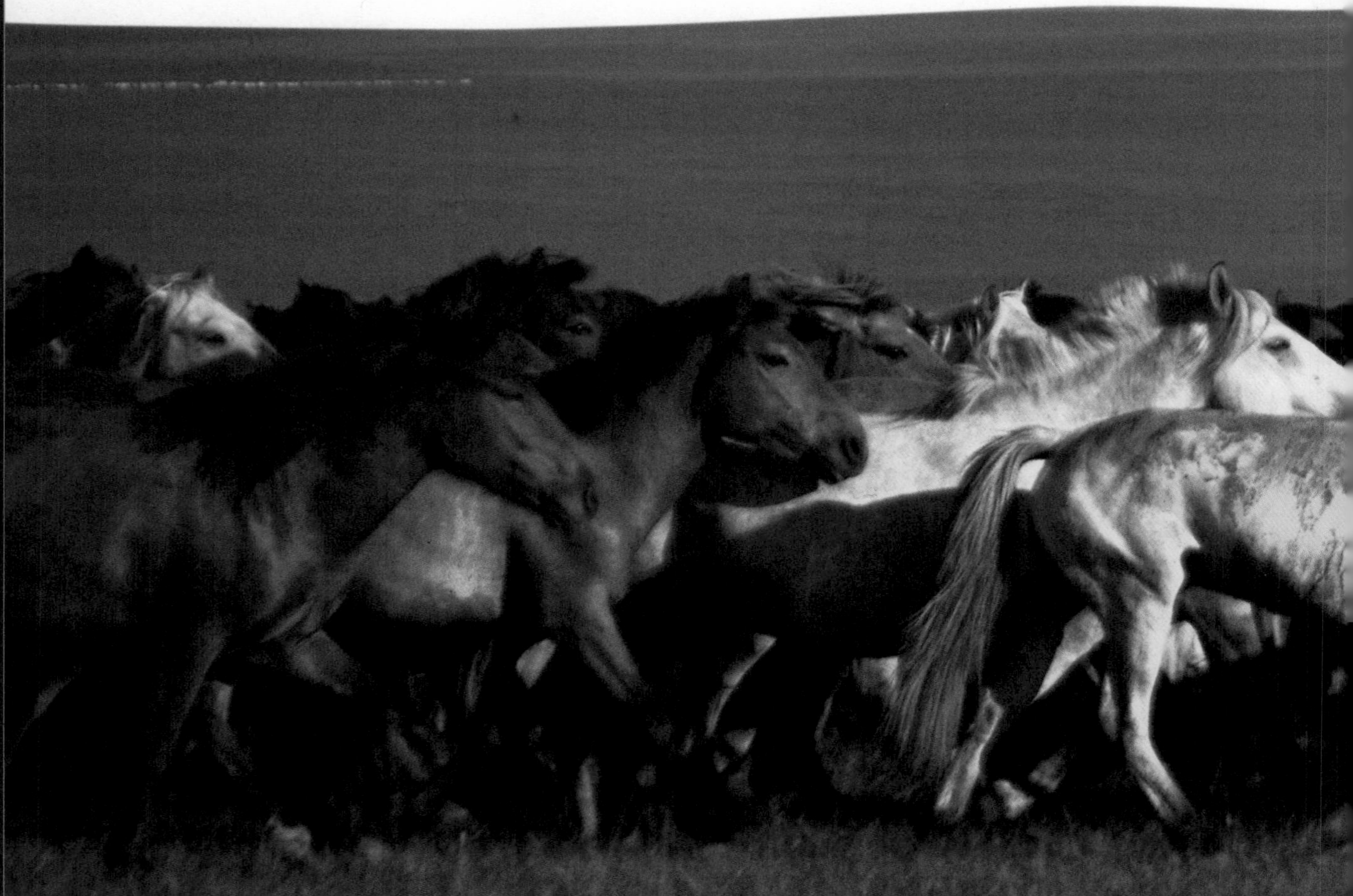

从树木茂密的崇山峻岭走了出来，渡海之后，就进入了另外一个无边无际的世界——在大兴安岭之下，呼伦贝尔大草原的面积超过八万平方公里。并且从东向西，依次排列着三种不同类型的草原，那就是森林草原、草甸草原和典型草原。好像上天用最为慈和的安排，终于成就了游牧民族历史上最为辉煌的一段黄金时光。

公元 1206 年，成吉思可汗
（1162–1227）统一了蒙古诸部，召开大会，在斡难河源登基，是为蒙古帝国的开始。这一年，这一天，这个时刻，是学者们所认定的，一个代表了"部落社会的终点，蒙古人的起点"的历史性时刻。

有 哪 一 个 将 领 ， 从 来 没 有 被 部 下 背 叛 过

190

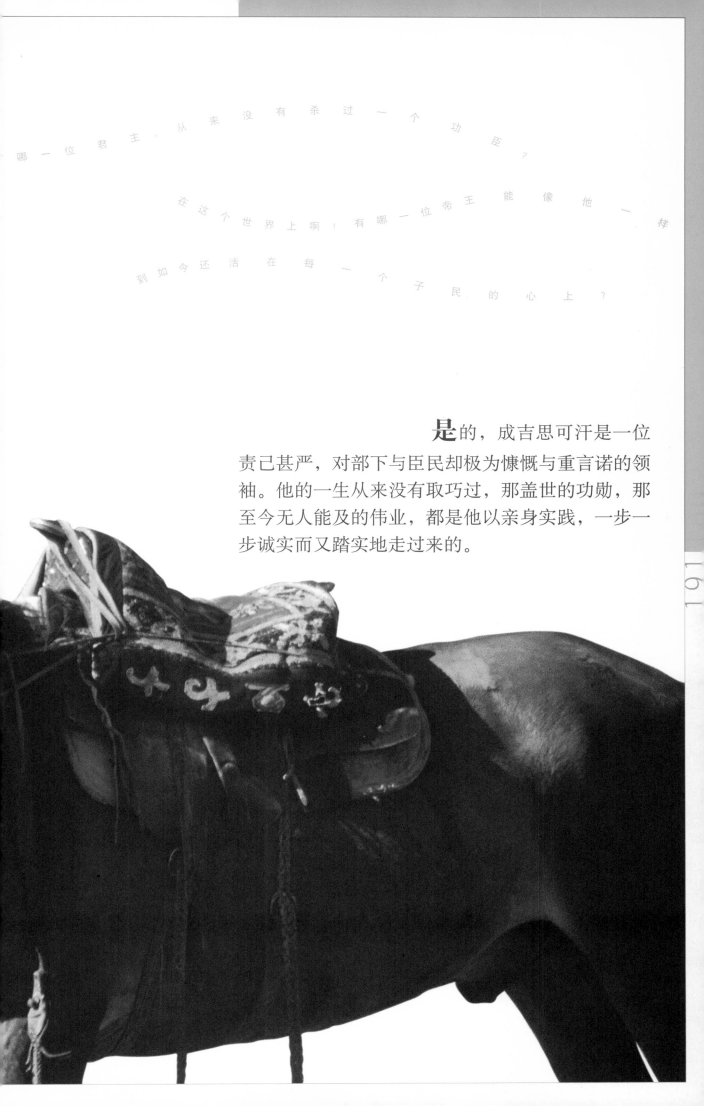

哪 一 位 君 主 从 来 没 有 杀 过 一 个 功 臣 ？

在 这 个 世 界 上 啊 ！ 有 哪 一 位 帝 王 能 像 他 一 样

到 如 今 还 活 在 每 一 个 子 民 的 心 上 ？

是的，成吉思可汗是一位
责己甚严，对部下与臣民却极为慷慨与重言诺的领
袖。他的一生从来没有取巧过，那盖世的功勋，那
至今无人能及的伟业，都是他以亲身实践，一步一
步诚实而又踏实地走过来的。

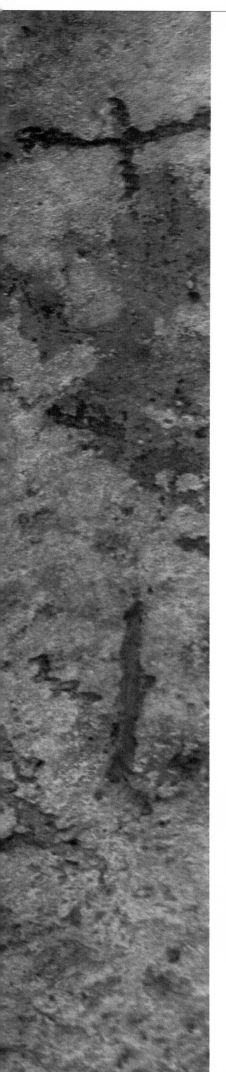

在鄂尔多斯的伊金霍洛，有一盏不灭的灯为成吉思可汗点燃了七百多年。主圣的达尔哈特守卫着圣祖的灵寝和陵园，不分四季，不分昼夜。这是世袭的职位，我右手牵着的这位六岁的阿苏荣小朋友，将是明日的达尔哈特。

2005 年 6 月，我与阿苏荣摄于他的祖父恩克巴音的家中。

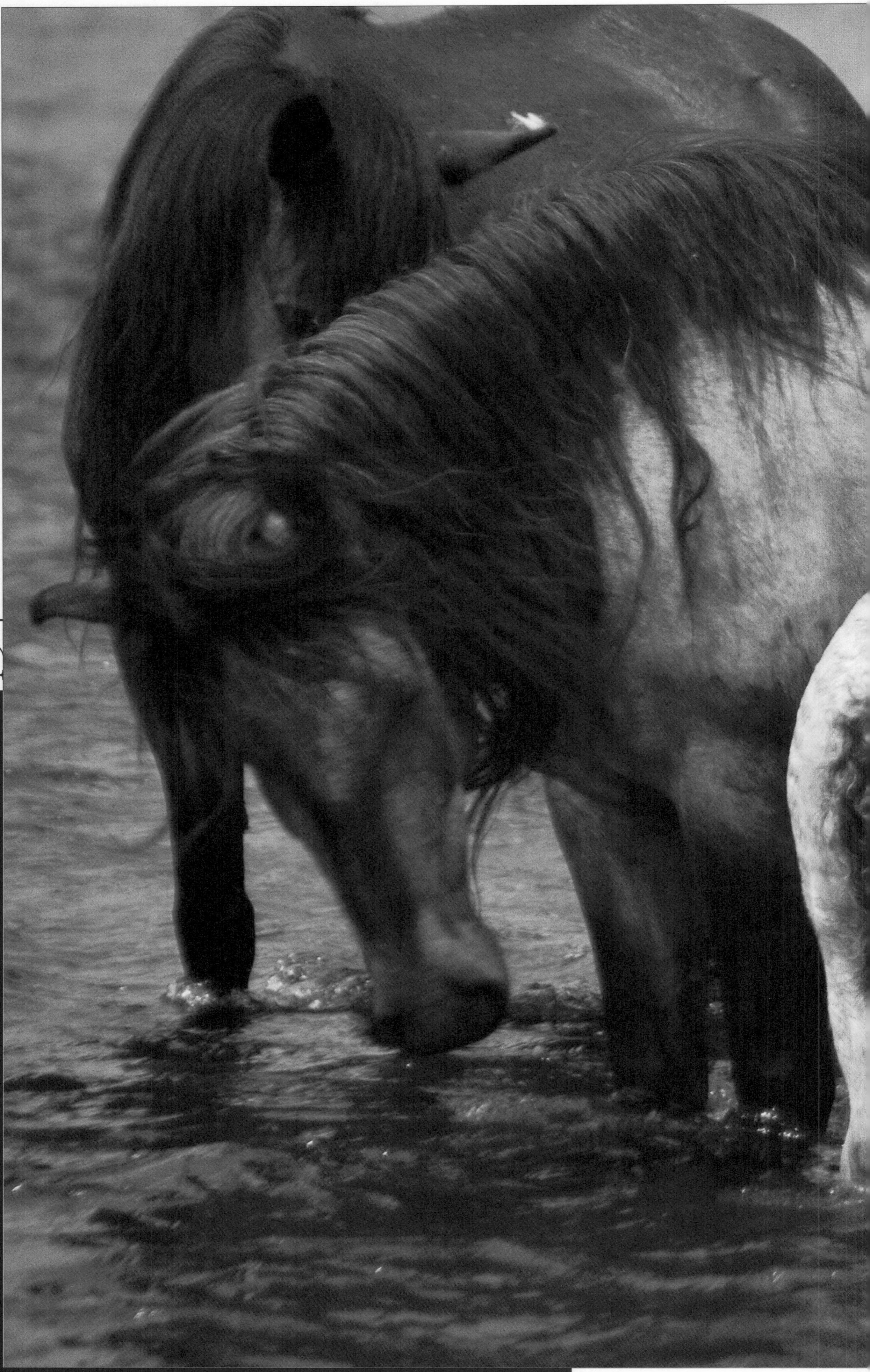

元上都遗址

公元十三世纪之初，成吉思可汗在统一了蒙古诸部之后，分封领土，就把额尔古纳河一带，给了小自己两岁的弟弟拙赤·合撒尔，而这黑山头古城，就是当年合撒尔居住的宫殿。如今极目四望，却只见牧草苍茫，华美的宫殿早已消失，只剩下外城和内城的残垣，而在我们脚下的土坡上，还留有排列整齐的花岗岩圆柱的基座，荒烟蔓草之中，可以捡拾到一些色彩斑斓的碎琉璃瓦，或者一些青砖碎片。——→然后，我又两次来到元上都。

　　元上都建于金莲川之上，
我在夏日前来，小朵的金莲花依旧在草原上盛开。但
是，马可波罗曾经亲眼见过并且讲述过的许多美丽
宫殿都已荡然无存。北墙上所留的这夯土筑成的高
台，应是史书中所形容的"连延数百间"，并且"两
陲俱有殿"的穆清阁遗址了。

元上都穆清阁遗址

魏坚教授说："元上都远郊的羊群庙地区应当是元代皇家贵戚祭天祭祖之地。羊群庙石雕像应源于蒙古高原历史悠久之'鹿石文化'，与突厥人的石雕像有着密切的渊源关系。"

左页图：考古学者魏坚教授所发掘之"羊群庙石雕像"都陈列在元上都工作站。

在蒙古高原上曾经有过许多辉煌的汗国，匈奴、鲜卑、柔然、突厥、薛延陀、回鹘以及契丹，这些汗国都对大蒙古帝国产生了程度不同的传承与影响，而美丽的缠枝花纹图样，果然就以连绵不断的枝叶，久久缠绕在游牧民族的文化之中。

从十三世纪窝阔台可汗建立的哈剌和林,忽必烈可汗建立的上都与汗八里(大都),十四世纪妥欢帖木儿可汗病逝的应昌路,十七世纪林丹可汗的查干浩特(白城),一直走到十八世纪中页才被清朝所灭的准噶尔汗国的城垣之下……

应昌路遗址

我才惊觉，原来，在不知不觉之间，在十几年的时光里，我已循着这些都城，重温了一次属于蒙古民族的历史里曾经无比光耀与曲折的沧桑长路。

查干浩特（白城）城垣

翻译家那顺德力格尔与小说家希儒嘉措陪
我遥祭克什克腾旗的敖包

这是一条悲欢交集的漫漫
长路，却也是一堂给了我许多解答与启示的必修课
程。让我能从个人的乡愁中释放，转而投入对于游
牧文化的热切追寻，我时而向昨日叩首，时而向明
日探问，终于能够相信并且明白，消失的只是表面，
那柔韧而又坚强的高原魂魄其实从未离去，其实，一
直都还在，还在……

在应昌路敖包之前，那顺德力格尔先生带领我跪拜叩首。

野马

逐日进逼的　　是那越来越紧的桎梏
逐日消失的　　是那苦苦挣扎着的力量
逐日封闭的　　是记忆的狭窄通道
逐日远去的　　是恍惚中的花香与星光

逐日成形的　　是我从兹安静与驯服的一生

只剩下疾风还在黑夜的梦里咆哮
（有谁能听见我的嘶叫生命的悲声呼号）
无法止息的热泪　　无法止息的渴望啊
只有在黑夜的梦里
我的灵魂才能复活　　还原为一匹野马
向着你　　向着北方的旷野狂奔而去

1994.7.24

在斜阳里闪着金光的芨芨草,生长在有轻度盐碱地的草场上。

凡是它丛生之处,就会有地下水,冬天积雪也较厚,对草原的湿润极有帮助。

天似穹庐,笼罩四野,对我这初次还乡的游子来说,当然是极新极美的经验。但是,在同时,我也开始察觉到了那种在单一与悠长的空间和时间里所累积下来的疲倦,整个天地之间空荡到没有任何可以依附的慰藉。

在这个时候，我和身旁的亲人所穿着的鲜红、翠绿、金黄、宝蓝的镶着金边的衣裳忽然变得非常必要了起来，所谓"顿悟"，就是在这个时候发生的。——→是在这个时候，我才明白了这样的色彩在民族美学上的意义。在旷野里，我们一无所有，那么，请容许我用自己的色彩来感动和安慰我自己罢。生命在此，是明朗和温暖的。在整个天与地之间，我用鲜艳夺目的色彩来宣告自己的存在，你看！我，我在这里！

在有节庆的日子里，从前的蒙族妇女更是用尽心力把自己装扮起来。每个妇女都有她的头饰与珠宝，珊瑚、玛瑙、松石、琥珀，还有银制的项链与手镯，凡是一切可以找得到的，可以串得起来的都拿出来挂在身上。在无边无际的欣欣大草原上，没有任何灯火与牌楼，甚至也没有一棵树可以装饰起来。所以，我就把自己装扮成一棵开满了花朵的美丽花树，用自己的生命来装饰这个难得的节庆，向你表示出我内心无法抑制的热烈与欢欣，生命就是此时与此地，温暖就在这里，幸福和光耀也就在这里，都是我们自己。

是的，我们都在这里！这是草原上的一对小兄弟，左图是弟弟阿拉塔奥其尔，右图是哥哥乌力吉巴图。他们平日勤奋向学，课余则是与父母一起放牧马、牛、羊群的工作伙伴。

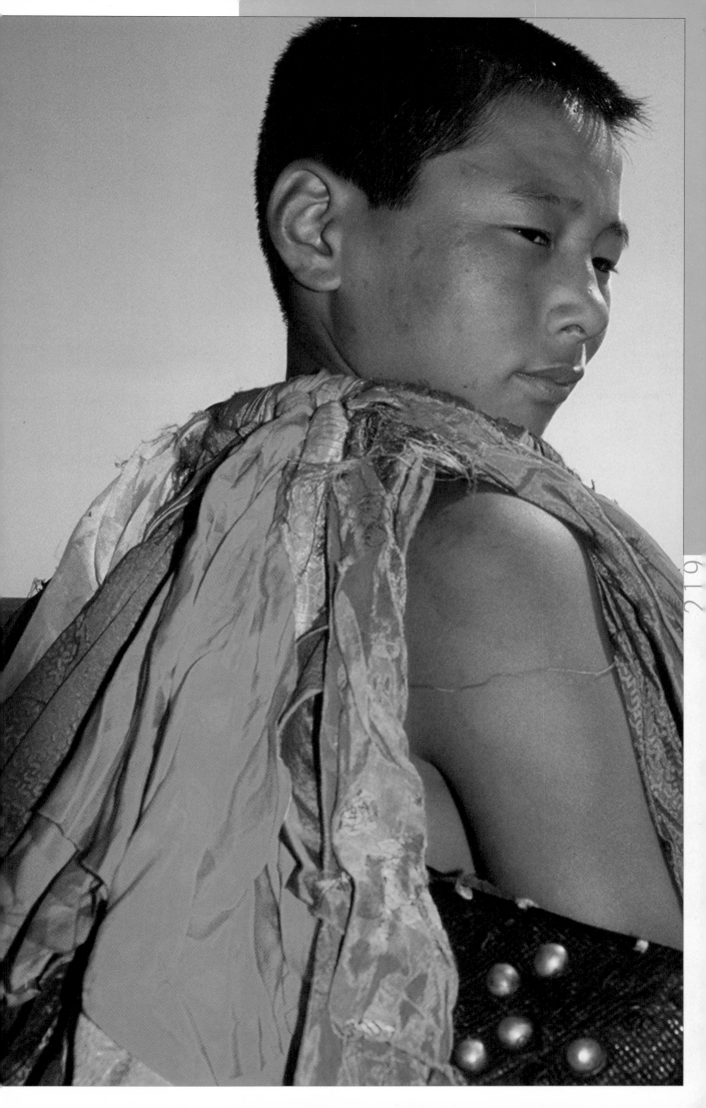

5

天上的风

豪又丰

——古调新译

天上的风，不系缰绳
地上的我们　难以永存
只有此刻　只有此刻啊
才能　在一首歌里深深注入
我炽热而又寂寞的灵魂

或许　你会是
那个忽然落泪的歌者
只为旷野无垠　星空依旧灿烂
在传唱了千年的歌声里
是生命共有的疼痛与悲欢

或许　你还能隐约望见
此刻我正策马渐行渐远
那犹自
不舍的回顾还在芳草离离空寂辽阔之处

2003.10.6

此刻在我们眼前这水草异常丰美的大地，正是三百多年前有过一场大厮杀的乌兰布通古战场。康熙二十八年（1689）六月，御驾亲征，八月，与准噶尔汗国的博硕克图汗噶尔丹在此正面遭逢，两军都死伤无数。当地的朋友告诉我，到现在，有时夜里还能听到草原上传来奔驰杀伐与哭号的声音。

在用文字写成的历史里，各人的写法不同。然而，历经三朝，清廷与准噶尔汗国的争战，确实惨烈无比。最后，康熙与乾隆祖孙二人的"十全武功"，终于使得在新疆的准噶尔汗国故土"数千里内，遂无一人"。

其地既空，遂有从伏尔加河"东归"的土尔扈特蒙古，与从察哈尔部被征召"西迁戍边"的察哈尔蒙古，以及原就在当地的卫拉特四部中的蒙古族人。今天，新疆有十七万蒙古族人，还保有美好的传统文化。

千年之后　你在台上热烈地描摹着我们的草原

我却在黑暗的台下泪落如雨。

劫后之歌

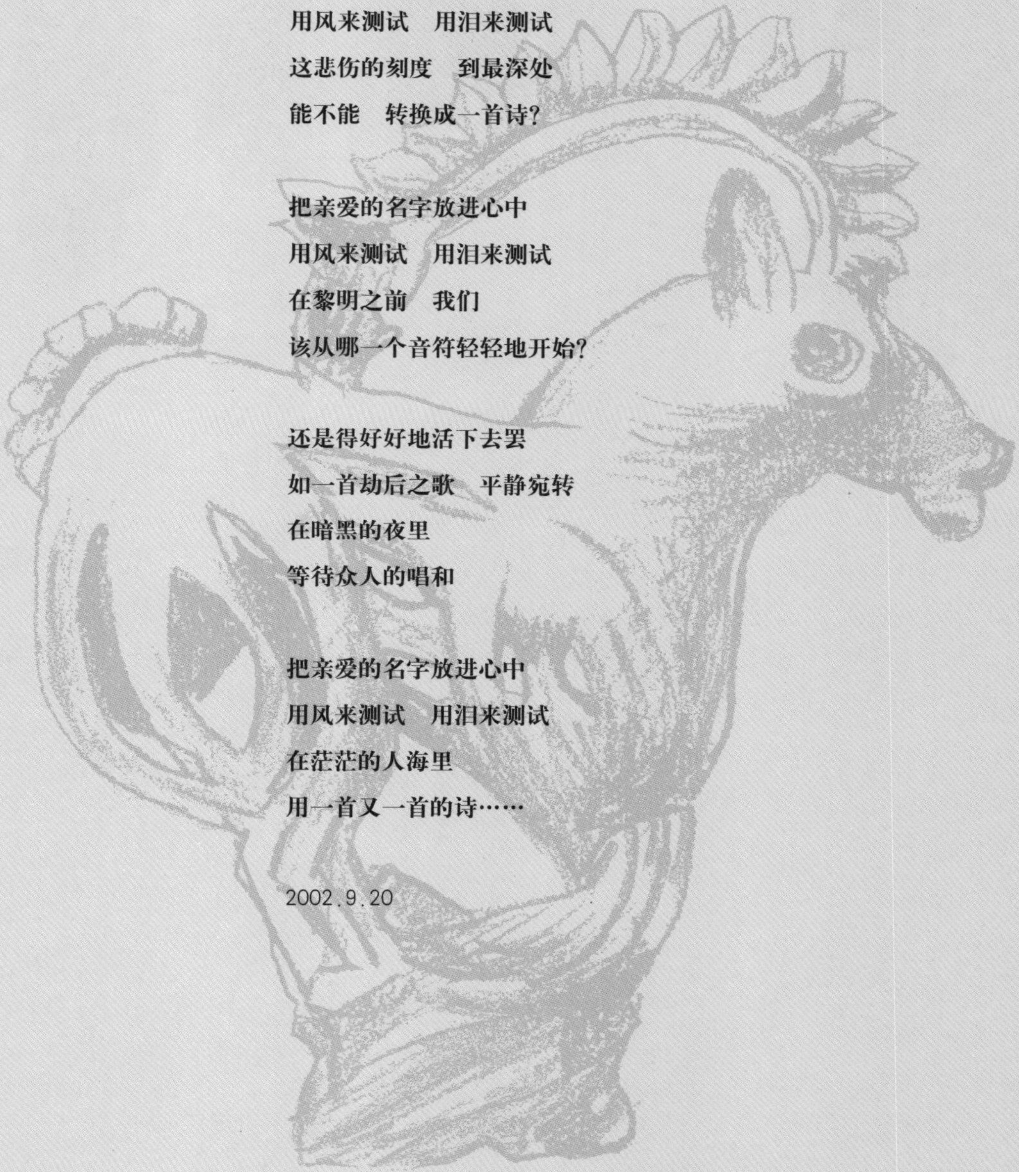

把亲爱的名字放进心中
用风来测试　用泪来测试
这悲伤的刻度　到最深处
能不能　转换成一首诗?

把亲爱的名字放进心中
用风来测试　用泪来测试
在黎明之前　我们
该从哪一个音符轻轻地开始?

还是得好好地活下去罢
如一首劫后之歌　平静宛转
在暗黑的夜里
等待众人的唱和

把亲爱的名字放进心中
用风来测试　用泪来测试
在茫茫的人海里
用一首又一首的诗……

2002.9.20

鄂尔多斯乌审召的活佛与喇嘛，"文革"时被驱至
沙漠中，任他们自生自灭。劫后余生，他们对一切
都从容以对。

这场战争从 1939 年 5 月 4 日开始，到 9 月 16 日停止，历时 135 天。是日本关东军蓄谋已久的"北进计划"，以进攻蒙古人民共和国（现称蒙古国）来试探苏联和蒙古军队的实力。双方投入战场的兵员与武器，无论是飞机或坦克，都是在世界战争史上堪称空前的一场大规模的立体战争。日本关东军在此死伤了五万四千多兵员，最后还阴谋进行了细菌战，却终于难逃惨败的结局。

在呼伦贝尔，在中国与蒙古国的边界上，有一条哈拉哈河，在她的中下游两岸，曾经发生了一场震惊世界的"诺门罕战争"。

　　在呼伦贝尔新巴尔虎左旗
诺门罕布尔德地区，如今成立了"诺门罕战争陈列
馆"，有日军后代前来放上祈求和平的纸鹤。——→我
两次在夏日前去，草原上还盛开着粉红色一丛一丛
的奶子花，据说，当时思乡的日军将这些细碎的花
朵称为"诺门罕樱"。

　　发源自祁连山麓的弱水，不一定"弱"。（有人考证，"弱"或者是北亚民族语言汇总的音译。）──→因为，在《史记》里，让大禹忙得三过家门而不入的九川之中，就有这一条弱水。

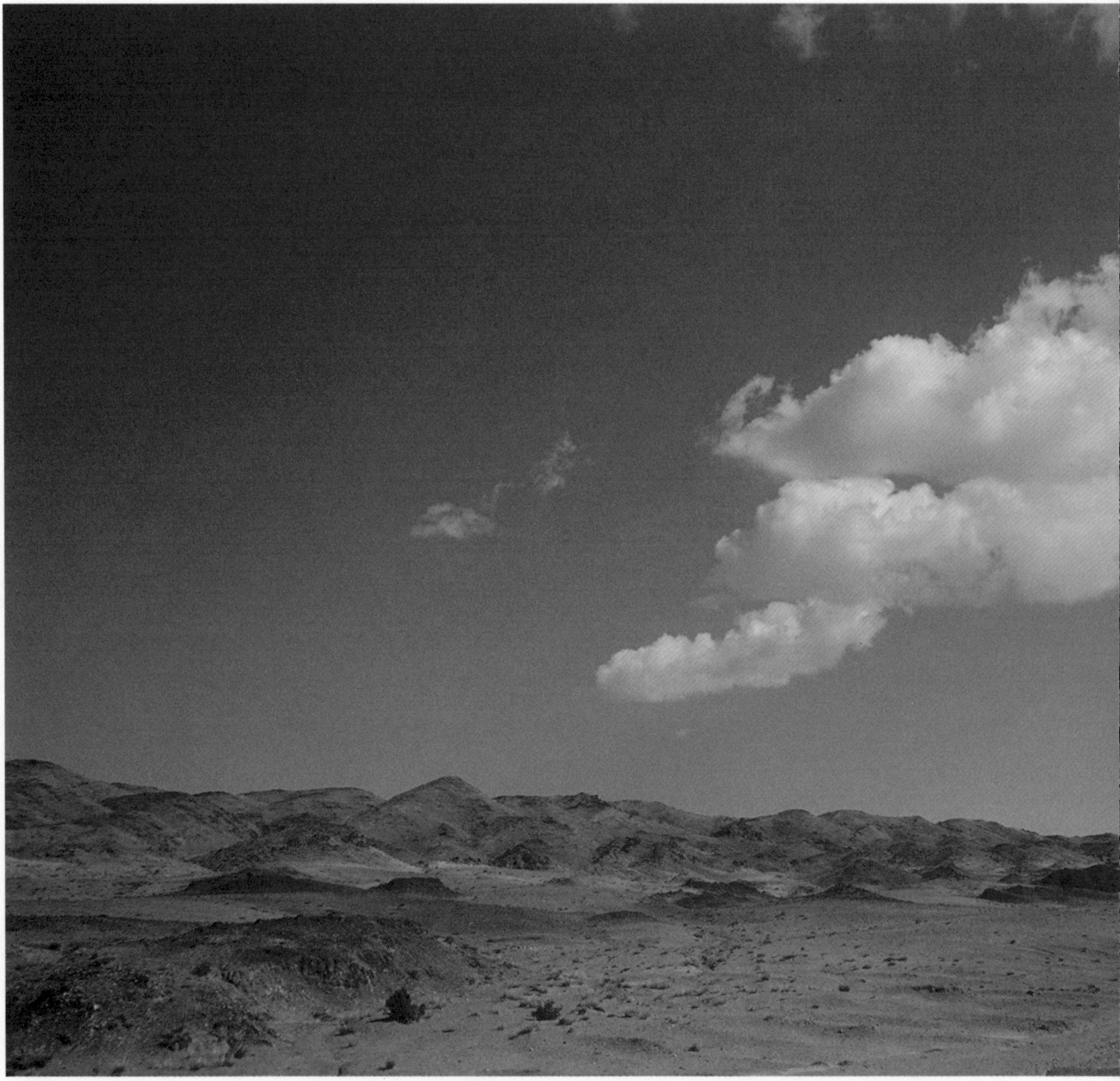

主流为二，分东源与西源，都从祁连山下走，经张掖、酒泉分别向北方流去的黑河，在东西两支会合之后，就称额济纳河。然后再浩浩荡荡往东北方向流去，在居延境内不断分支，散成如网状分布的十九条支流，这丰沛的水源，就在巴丹吉林沙漠以北的戈壁之中，形成了三万多平方公里长满了胡杨树、长满了青草的神奇美丽的大绿洲。

土尔扈特蒙古人祭拜的神树

风 沙 逐 渐 逼 近 征 象 已 经 如 此 显 明 你 为 什 么 依 旧 不 肯 相 信

风 沙 逐 渐 逼 近 征 象 已 经 如 此 显 明 你 为 什 么 依 旧 不 肯 相 信

这片神奇的绿洲，在山海经里也提到过："流沙之外有居瑶国。"匈奴时称"居延"。据说以匈奴语意的解释，应是"天池"或者"幽隐"之意。

额济纳土尔扈特蒙古人供奉的，是这一棵历经千劫百难不死的生命。

　　还有比这更贴切的形容吗？所有的弱水支流，最后都流入浩瀚无边的居延海，在焦渴的戈壁之中能够有这样清凉甜美的淡水湖，不是天赐的恩宠还能是什么？而周围这一大片绿洲，不正是最好的幽隐之乡？ ——→对曾经在这里生活过的北亚民族来说，居延绿洲，真是天赐福地。

然而，在二十世纪五十年代还是芳草遍地，红柳丛生高达丈余，黑河浩荡奔流，两岸芦苇铺天盖地，居延海碧波千里，湖滨布满原始森林的三万多平方公里的绿洲，却在黑河中上游甘肃省的地方政府四十年来公然截水断流的恶行下，百般无奈地就要消失了。──→四十年后，原本丰美富饶的额济纳绿洲已垂垂待毙，三万多平方公里之上，所有的河流与湖泊都已枯竭，居民如今赖以为生的地下水，水位也在不断下降之中，并且，井水中的含氟量已经远远超过国家的安全标准，氟骨病、斑釉牙病、缺碘等等症状急速增多。

额济纳旗为了在绝境中求生，想出了在公元两千年的十月四日到六日，举办第一届"金秋胡杨旅游节"的主意。然而，我千里跋涉，经贺兰山再穿越戈壁而来，却只见尘沙遍野，大地干涸。落日果然是又红又圆，但是车子走过一道又一道的桥面，桥下却只剩下空空的河床，胡杨在大面积地死去，幸存的几处果然叶子开始转成耀眼的金黄，而居延海呢？我那么渴望一见的湖泊会不会还留下一些浅浅的水面呢？ —→我的土尔扈特朋友那仁巴图忧伤地回答：—→"居延海早在八年前就完全干涸，一滴水也没有了。"

在暮色里，那仁巴图的母亲牵着他的手直往前方干涸的湖心走去，母子两人的脚步又急又快，我追赶不上，只好停步。四顾取景之时，却赫然发现，就在眼前，就在脚下，在湖底的沙砾中，还生长着许多芦苇的幼苗，原来，已经干涸了八年的居延海，还有如此细小与卑微的生命在静静等待！

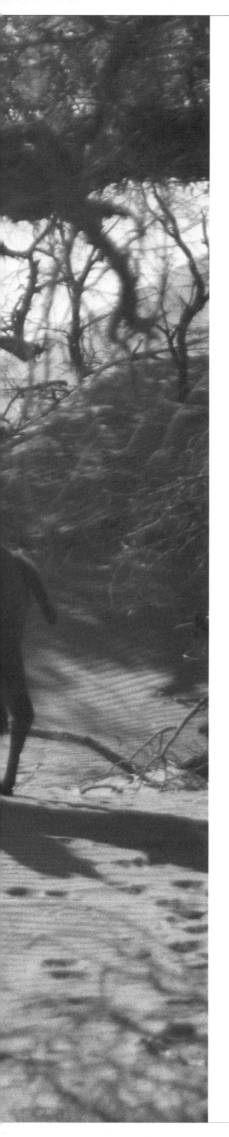

走进额济纳旗的首府达来
库布镇，最初我只觉得有些什么与我习见的内蒙
古城镇不大一样，不过一时还分辨不出究竟。后
来过了两天才猛然醒悟，在这片几成荒漠的绿洲
上，有山羊、有驴子、有骆驼，可是怎么从来没
有看到过一匹马？一匹对于游牧民族来说绝对是
不可或缺的马呢？

对我的疑问，那仁巴图苦笑着回答：——→"你现在才发现吗？我们早在十几年前就养不起马了，能给马吃的草场都沙化了。八十年代中期，我们只好陆续地把一批批马卖到别的地方去。有一年，也是最后一次，我们把最后的一群马卖了，那天早上，差不多全镇的大大小小都站到路边来目送他们离开，好多人都哭了，真是舍不得啊！"

尼 勒 布 苏 无 尽 的 泪 　 一 切 的 美 好 　 成 　 灰

6

篝火之歌

我心素朴　一如旷野
纵使明知那前路上
埋伏着多少不能躲闪的坎坷与灾劫

还是燃起篝火来罢
在这岁月更替的前夕

让我们举杯呼唤着祖先的灵魂
在森林如记忆一般消失之前
在湖水如幸福一般枯竭之前
在沙漠终于完全覆盖了草原之前
我们依旧愿意是个谦卑和安静的牧羊人

这黎明前满满的一杯酒啊
依旧　要敬献给
天地诸神

1999.9.29

原本在大兴安岭西侧的呼伦贝尔大草原上，有四条范围广大的沙地樟子松林带，是维护草原生长的天然屏障。——＞然而，由于在日俄占领时期的大量砍伐，以及其后自己国人的无知与无情的毁坏，使得其中的三条沙地樟子松林带已经失去所有的林木，成为难以挽回的巨大"沙带"了。——＞一九五六年，在仅余的红花尔基林带成立了沙地樟子松保护区，在许多工作人员辛勤的努力与维护之下，如今每年几乎是以三千多公顷的速度在天然更新，二〇〇二年六月，我见到的林地面积已经发展到十三万五千多公顷了，但是，开始的时候，我还不太满意。

我原是要去看一片原始林
区的，朋友也把我带到一处有栅栏维护的地方，将
车停了下来，再往里面步行深入。起初，阳光
还在林间照耀，逐渐地，好像天色就暗了下来，我
们眼前是有不少参天的巨木，脚下的腐植层虽然
不是很厚，可是已经颇为柔软。旁边有朋友向我解
释，这沙地樟子松终年翠绿，枝叶是慢慢替换，如
人的落发与再生一般，并不像那些其他的落叶树
种，譬如像到了秋天就会变成金黄的落叶松那样，
每年会把全树的针叶一次掉光，因此落叶松林下
的腐植层厚度增加得很快，可是，沙地樟子松林下
的落叶却极为稀少，别的树种只需要三十年的时
间就可以在林下累积起来的厚度，沙地樟子松却
要用上三百年才能够达到。

朋友说：⟶ "现在我们脚下这薄薄的一层，就是三百年的时间铺成的。" ⟶ 耳边听着他的解说，可是，眼前的景象却和我希望见到的原始森林还是有很大的差别，好像比较空茫，比较萧索，不知道为什么，就是不能让我有满足的感觉。⟶ 走出这片林区之后，原本以为天色已晚而将照相机都收回背袋中的我，才发现林外的草场上阳光普照，时间还早得很哩！不过是下午三点多钟而已。⟶ 朋友邀我们再往另一个方向去看一看其他的林区，两部车就再次上路。

依旧是要通过一道栅栏才能进入的禁区，车子在沙土铺就的路上慢慢行走，在路的两旁向深远处不断延伸的，是无止无尽无边无际无限美好的森森林木！——→在林中久久绕行之后，忽然之间，我发现自己的心怀已经完完全全的敞开了，有光有热有顿悟般的激情正满满地冲撞了进来。——→这眼前的森森林木正以全部的力量冲撞进我的心怀。——→这都是生命，这无止无尽的都是生长的力量啊！——→在前几天刚下过场大雨的湿润气息里，在此刻随着阳光在变幻和颤动的林木光影里，这整片难以一眼望尽的大地之上，满满的都是正在向上生长着的生命——努力要生长起来，努力要延续下去的期盼和渴望。

不论是还藏在土中的种子，还是刚刚萌芽的一岁的幼苗，不论是清瘦俊秀才十七八岁的少年樟子松，还是枝桠横生向周围极力扩展，人称"功勋母树"的已经有两三百年树龄的伟岸巨木，虽然还都不能符合我心中与梦里对"原始林"的要求，可是，这每一株每一棵又确实是我应该下车叩首跪拜无限感激又无限珍惜的美好生命啊！

在 这 里 人 与 自 然 彼 此 善 待　曾 经　有 上 苍 最 深 的

古远的梦境在内蒙古许多地区虽说已经飘渺难寻，可是，眼前这满盈又满溢的生命，这蓬勃茁长着的再生林，难道不是我们人类心心念念所祈求的神迹吗？　——→如果，在地球上的每一个人，都能真心诚意地用行动向大自然道歉，神迹应该会重新再现的罢？

蒙文课

—内蒙古篇（节录）

斯琴是智慧　哈斯是玉

赛痕和高娃都等于美丽

如果我们把女儿叫做

斯琴高娃和哈斯高娃　其实

就一如你家的美慧和美玉

额赫奥仁是国　巴特勒是英雄

所以　你我之间

有些心愿几乎完全相同

我们给男孩取名奥鲁丝温巴特勒

你们也常常喜欢叫他　国雄

鄂慕格尼讷是悲伤　巴雅丝纳是欣喜

海日楞是去爱　嘉嫩是去恨

如果你们是有悲有喜有血有肉的生命

我们难道就不是

有歌有泪有渴望也有梦想的灵魂

腾格里是苍天　以赫奥仁是大地

呼德诺得格　专指这高原上的草场

我们先祖独有的疆域

在这里人与自然彼此善待　曾经

有上苍最深的爱是碧绿的生命之海

俄斯塔荷是消灭　苏诺格呼是毁坏

尼勒布苏是泪　一切的美好成灰

风沙逐渐逼近　征象已经如此显明

你为什么依旧不肯相信

在戈壁之南　终必会有千年的干旱

尼勒布苏无尽的泪

一切的美好　成灰

1996.7.18 初稿，1999.2.5 修订

　　鄂尔多斯高原在蒙古高原南部，黄河以北，三面环河，背依阴山山脉，是北狄的故居，也是之后的匈奴生息的一部分地区，曾经是草木葱茏的富饶之地。公元四五世纪的时候，还是那首有名的"敕勒歌"中风吹草低见牛羊的美丽背景；一直到了十三世纪，圣祖成吉思可汗经过的时候，还曾经为了金鹿在林间自在来去的美景而赞叹，并且降旨指示这里可以是他百年后的埋骨之地；甚至，在二十世纪初年，草原上的丛林与绿地，依旧可以让数不清种类的飞禽与野生的黄羊成群栖息；甚至，甚至不过只是在几十年以前，红柳、黄柳那些灌木丛还遍地生长，有些地方密得连人畜都钻不进去。——→ 而如今却……

如今，内蒙古的草原几乎有百分之九十都沙化了。可是，朋友告诉我，这并非不可挽救的。如果能正确地执行"退耕还草"的理念，如果肯虚心求教，向游牧文化的深处去探寻，这样的沙化，应该是可以逐渐控制的。

在辽阔的蒙古高原之上，历史以另一种方式在书写，许多美好的传统从未离去，仍然在牧民的生活里留存着，一旦深入草原，就会发现，那强韧的生命力其实无处不在。

在巴尔虎草原上见到狼所掘之井。原来狼能由草木之种类，嗅闻到水源。（井穴旁之栅栏为牧民所加置）

右页图：在大兴安岭与鄂温克猎人合影。

7 我折叠着我的爱

我折叠着我的爱
我的爱也折叠着我
我的折叠着的爱
像草原上的长河那样宛转曲折
遂将我层层的折叠起来

我隐藏着我的爱
我的爱也隐藏着我
我的隐藏着的爱
像山岚遮蔽了燃烧着的秋林
遂将我严密的隐藏起来

我显露着我的爱
我的爱也显露着我
我的显露着的爱
像春天的风吹过旷野无所忌惮
遂将我完整的显露出来

我铺展着我的爱
我的爱也铺展着我
我的铺展着的爱
像万顷松涛无边无际的起伏
遂将我无限的铺展开来

反复低徊　再逐层攀升
这是一首亘古传唱着的长调
在大地与苍穹之间
我们彼此述说　那灵魂的美丽与寂寥

请你静静聆听　再接受我歌声的带引
重回那久已遗忘的心灵的原乡
在那里　我们所有的悲欢
正忽隐忽现　忽空而又复满盈

——2002年初，才知道蒙古长调中迂回曲折的唱法在蒙文中称为"诺古拉"，即
"折叠"之意，一时心醉神驰。
初夏，在台北再听来自鄂温克的乌日娜演唱长调，遂成此诗。
——2002.7.14　夜

1996年，波昂，在八十六岁寿辰的宴会上，父亲举杯向大家致意。

1947年，父亲（右）与友人合影。他们都曾是怀有无限理想的热血青年啊！

——>外婆与我的母亲都已逝世之后，我才见到原乡，无法与她们分享我的欢喜与悲伤。但是，父亲还在，从一九八九到一九九八的九年之间，在莱茵河边，我以为我已经问了无数的问题，但是，在父亲也终于离去之后，我才发现，还有许多问题没来得及向他发问，因而也永远得不到解答了。——>到了蒙古高原之后，这十几年间，我曾经访问过几位老人。有的访问已经写成文字发表了，像是《丹僧叔叔》、《歌王哈札布》，有些还是草稿。但是我自认为已经把握到重点，可以在几千或者一万多字里，写出他们颠沛流离的一生。可是，我从来没有想过应该也对自己的父亲做一番更多的了解。——>我所有的资料，都是片段的、零乱的，只因为他是我的父亲，是生活里那样熟悉因而似乎已经固定了的形象。——>直到在追悼仪式中，父亲的同事，波昂大学中亚研究所的韦尔斯教授（M.Weiers）站到讲台上，面对大家开始追述父亲一生的事迹之时，我才忽然明白，我原来都在用一个女儿的眼光来观看生活里的父亲，那范围是何等的狭窄。——>韦尔斯教授的讲词中有一段话，我记得他是这么说的：——>"对我们而言，拉席·敦多克先生这一生所经过的是多么漫长而曲折的道路。他从那么遥远的地方走来，在此为我们讲述那古老而丰美的蒙古文化，让许多人从此热爱蒙古……"——>我的父亲，确实是历经了流离伤乱。——>尤其在前半生，为了争取内蒙古自治所遭遇的种种艰险，那条漫漫长路，充满了我所不能想象的坎坷和灾劫，甚至包括自己兄长的被刺身亡；然而，这么多年来，他却也始终没有失去那乐观到近乎天真的本质，有的时候，我们做子女的，甚至在生活里为此而怨怪他。——>可是，如今从一位异乡友人的眼中来观看自己的父亲，却让我领会到，父亲所代表的，不正是我一向尊崇的那种近代蒙古知识分子在政治与战争的乱流中挣扎求存，无限辛酸却又无比执著的典型吗？——> 曾经在慕尼黑大学东亚研究所与父亲共事的法兰克教授（H.Franke），是与父亲相交超过四十年的老友，他在知道父亲逝世之

后，寄给我的信里写着：——→"我会永远记得令尊，他是位渊博的学者，高贵的典范。"——→父亲啊！父亲。——→只是，在一九九八年的春天，我可能做错了一件事。——→我带了本书去给父亲。是位读者在我的一场演讲会后送给我的。书名叫做《蒙古高原横断记》，就是日本的江上波夫和赤崛英三那些人组成的"蒙古调查班"，在一九三六年到内蒙古考古后所出版的报告。——→前几年，乌尼吾尔塔叔叔曾经帮我译出其中与我祖父有关的一段，里面也描述到父亲老家附近的景象，我曾经据此而写出那篇散文《汗诺日美丽之湖》。——→如今自己手中有了这本书，最欣喜的是，书里有张照片，拍的正是我们家族的敖包。——→这处敖包山虽然在我第一次回到父亲家乡的时候，族人就带我上山献祭过了，相片也寄给父亲看过了，然而那毕竟是几十年后的相片，由石块堆叠而成的敖包形状已经不大一样了。但是，在这本六十多年前的老书里，祖父还在，那相片上所显示的敖包还是父亲在年轻的岁月里曾经亲眼见过的模样啊！——→我像献出宝物一样，把书翻到这一页拿给父亲看，父亲果然惊呼起来，然后，几乎是整个晚上，他都在来回翻读这本书。虽是日文，然而配合着图片内容与一些零星的汉字，那些相片底下的解说也是可以明白的。——→书中所有的图片，虽然都是黑白相片，但是品质很好。从旷野到溪谷、从穹庐到寺庙、从马牛羊群到孤独的牧者、从衣裳简单的少女到满头珠翠的贵妇、从父亲的察哈尔盟到母亲的昭乌达盟，都是父亲曾经行过走过笑过哭过歌过同时无限爱惜过的故土家园啊！——→在梦中珍藏了五十多年的旧日家乡，如今忽然同时都来到眼前，并且清晰洁净，光影分明，对于一个八十八岁羁留在天涯的漂泊者来说，该是何等深沉的怅惘和疼痛？——→原本只希望讨他的欢心，但是，当我看到整个晚上，父亲都不说一句话，只是用稍显颤抖的手，在灯下急速地把发黄的的书页翻过来又翻过去的时候，我不禁深深地后悔了。——→父亲啊！父亲。

300

第六圖 呢總管耶裏山鄂博

1989年我首次登上这座敖包山，留下
此图。

1936年日人书中所摄的父亲家族的敖包。

父　亲　　为什么我不能　让一切重新开始　那时柳色青青

整个世界还藏着许多　新鲜的明日　还藏着许多许多　未　知　的　　　故　事

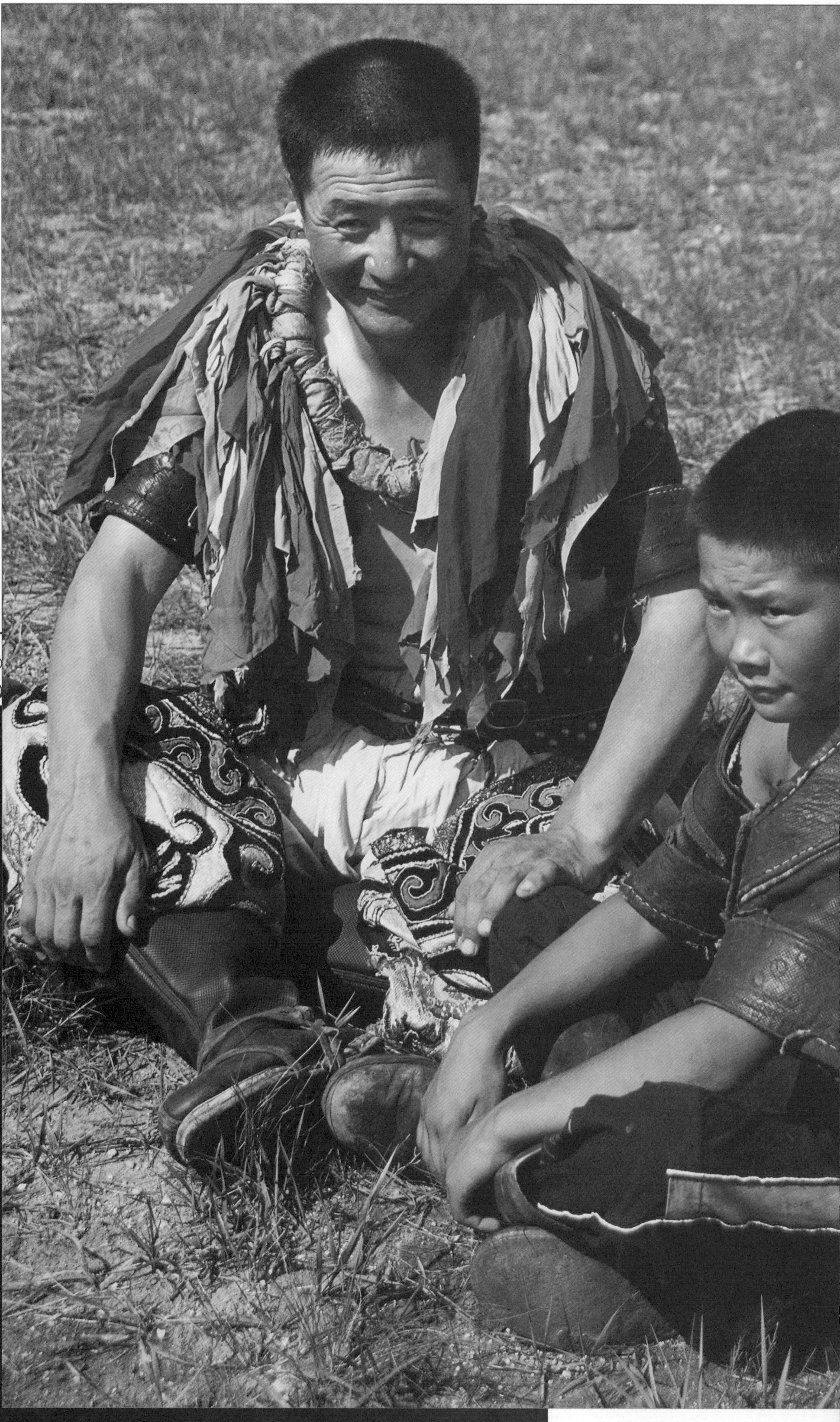

血源，不是一种可以任你随意抛弃和忘记的东西，也没有任何人可以从你的心里把她摘取下来。她是种籽、是花朵，也是果实；她是温暖、是光亮，也是前路上不绝的呼唤……

他们说，在他年轻的时候，就是骑在马上也要唱歌，歌声横过草原，能让天上的云都忘了移动，让地上的风都忘了呼吸。——→他们说，只要远远地听到他的歌声，就会让毡房里火炉旁的老人家忽然间想起了过去的时光，让草地上正在挤牛奶的少女忽然间都忘记了自己置身何处；所有的心，所有的灵魂都跟随着他的歌声在旷野里上下回旋飞翔，久久不肯回来。——→他们说，他曾经用歌声，救过自己的性命；他也曾经用歌声，让全军落泪。——→他们说，他在十二岁那年的那达慕大会上，就得了赛马第一奖和歌唱第一奖了！——→他们说，他的歌声，曾经从内蒙古草原上一直唱到朝鲜，唱到日本，唱到丹麦、瑞典、挪威、芬兰和俄罗斯……——→他们说，他是内蒙古民间与官方都尊崇的"歌王"！

歌王哈札布（1922—2005）在"文革"中
被囚禁了整整十年

　　　　生命里虽然有许多遗憾，
命运中又经历过许多坎坷，然而，艺术家的心中，
却是有着很强烈的自觉的，他很知道自己的歌声，
自己的艺术成就是在什么位置之上。他知道，他有
过引以为豪的才情与功力，那才是他最最珍惜的
资产，是任何人都夺取不了的尊严与骄傲啊！
——→哈札布，这位歌王，在他的晚年，是这样对我
说的：——→"面对死亡，我并不惧怕。此刻，我的心
情，就像那佩戴着银鞍子的骏马，又像那心里有着
秘密恋人的喇嘛一样，兴高采烈地往前走着哪！"

所有的灵魂都跟随着他的歌声 在旷野里上下回旋飞 翔，久久不肯回来。

人类学家说：每种文化都
有着要强烈保持自身本色的愿望，因为，惟有如此，
她才不至于消失和灭亡。

在茫茫天地之间，对于生命中那种野性本质的敬重，也就是对于自由与尊严的敬重，是游牧文化传承到今日也难以尽言的美丽与神秘之处。——→在和谐之中贮存着野性，在野性之中诱导出和谐，其实不仅仅是用在驯养马匹的原则之一而已，我觉得这几乎就是游牧文化的精神所在了，生生不息的活力与能量就由此而来。

原来，在过去的几十年里，因为蒙古高原而流下的泪水并不完全

要到了今天，我才明白：一切都不过是 只因为我 血脉

冲动"，心中固执留存的渴　望　也并不完全是"狭隘"，

不甘被同化被束缚的基因罢了。

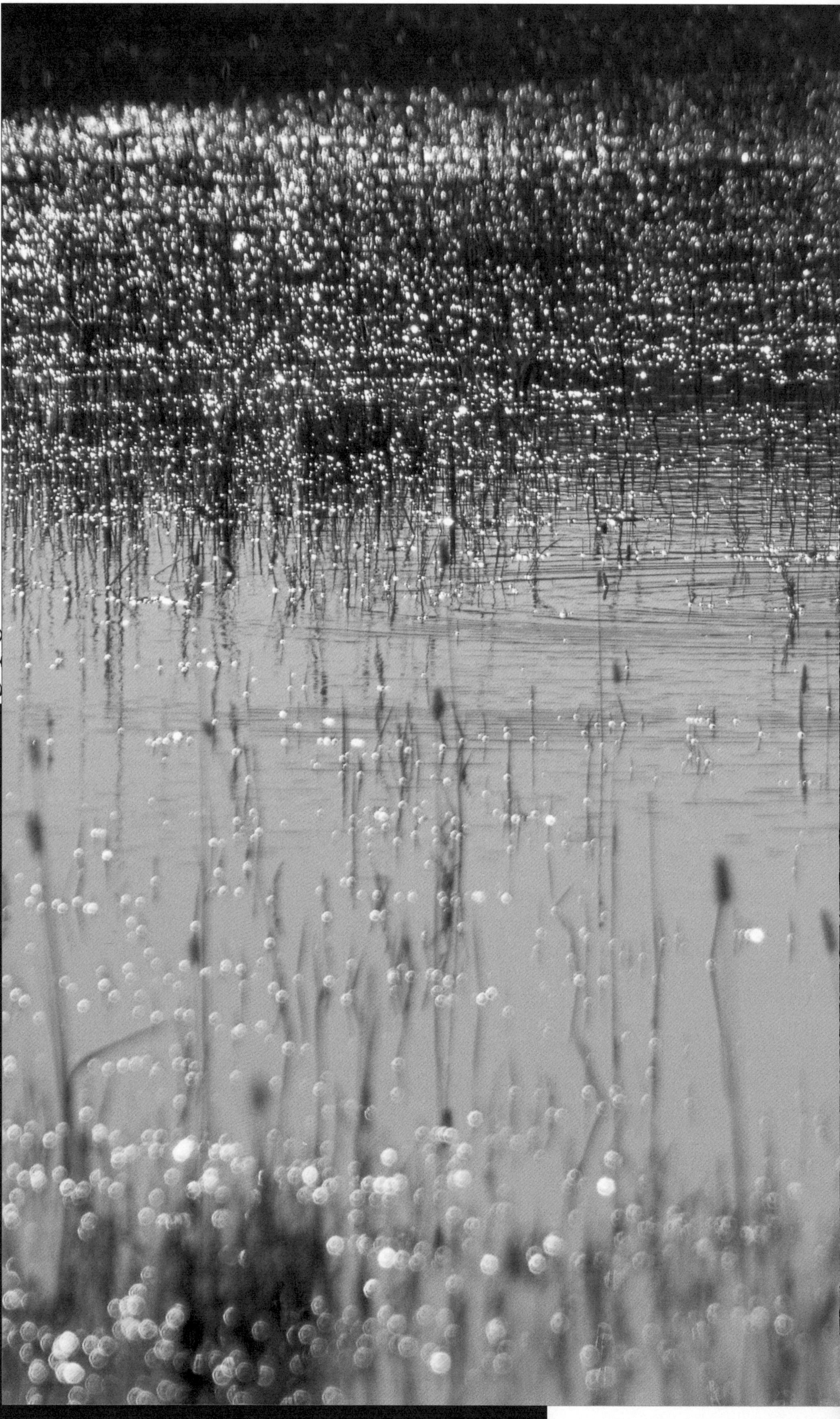

　　重压卸下，那蒙古文化里明朗美丽的特质反而在处处向我显现，其中深藏着的是多么柔韧又刚强的力量啊！

迟来的渴望——写给原乡

是何等神奇而又强烈的召唤
让深海的珊瑚
在同一个夜晚里产卵
亿万颗卵子漂浮起舞
在温暖的洋流中　粒粒晶莹
闪烁如天上的繁星

是何等深沉而又绵长的记忆
让最后存活的一匹苍狼　在草原上
还遵守着同样的戒律　诸如
傍晚在溪边饮水时那不安的张望
以及在林间谨慎掩藏着自己的踪迹

是何等美丽而又惊心的
巨大的秩序　如鲸的骸骨
隐藏了整整的一生　只有在那些
曾经与血肉的黏连都消失了之后
才能显示出洁净光滑弧形完美的
骨架　支撑着　提升着
我俯首内省时那无由的悲伤与颤怖

有多少珍贵的讯息　遗落在
那远远偏离了轨道的时空之间？
无数的　有着相同血缘的个体
负载着的　却是何等的孤寂？
而在我们的梦里（无论是天涯漂泊
还是不曾离根的守候者）是不是
都有着日甚一日的茫然和焦虑？

此刻的我正踏足于克什克腾地界
一步之遥　就是母亲先祖的故土
原乡还在　美好如澄澈的天空上
那最后一抹粉紫金红的霞光
而我心疼痛　为不能进入
这片土地更深邃的内里
不能知晓与我有关的万物的奥秘
不能解释这汹涌的悲伤而落泪

此刻　求知的渴望正满满地充塞在
我的心中　而我心
我心何等疼痛！

2002.8.29

历史并没有过去，它活在
我们心中。在母亲的家乡，在外曾祖父浩瀚辽阔的
故园之前，我饮下了族人给我的祝福之酒，知道我
们必将会一代又一代的重新相见。

与夫婿刘海北摄于台湾家中

因为有他的支持，昨天，我可以在自己的院落里栽植莲荷，做一个安静的写生者。

而十几年来,从西伯利亚的匈奴旧地一直走到印度
蒙兀儿帝国至今犹存的庭园,也要感谢海北的包容
和鼓励,让我得以走上这收获丰饶的长路万里。

跋

金色的马鞍　搭在

四岁云青马的背上

现在出发也许不算太晚罢

我要去寻找幸福的草原

寻找那深藏在山林中的

从不止息的涌泉

金色的马鞍　搭在

五岁枣骝马的背上

此刻启程应该还来得及罢

我要去寻找知心的友人

寻找那漂泊在尘世间的

永不失望的灵魂

——→这是我仿蒙古民谣中的短调歌曲格式所写成的两段歌词。——→金色的马鞍，蒙文的发音是"阿拉腾鄂莫勒"，在蒙古文化里，是一种幸福和理想的象征。——→长途驰骋，原本只需要一副实用的好马鞍就可以了，然而，把马鞍再镶上细细的金边，则是一种心灵上的满足。——→越接近游牧文化，越发现这其中有着非常丰富的面貌，在这里蕴藏着许多含蓄曲折的憧憬，许多难以描摹的对"美好"的祈求和渴望。——→我是不知不觉地逐渐深陷于其中了。——→对于自身的转变，是要在此回顾之时才能清楚看见的。——→第一次踏上蒙古高原，是在一九八九年的夏天，站在辽阔的大地之上，仰望苍穹，心中真是悲喜交集，如痴如醉。——→经过了半生的等待，终于见到了父亲和母亲的家乡，那时候，我真的以为自己的愿望已经圆满达成了。——→想不到，那个夏天其实只是个起点而已。——→接下来这十几年，每年都会去一到四次，可说是越走越远，东起大兴安岭，西到天山与阿尔泰山山麓，又穿过贺兰山到阿拉善沙漠西北边的额济纳绿洲，南到鄂尔多斯，北到一碧万顷的贝加尔湖；走着走着，越来越觉得长路迢遥。——→在行路的同时，也开始慢慢地阅读史书，空间与时间彼此印证，常会使我因惊艳而狂喜，也有不得不扼腕长叹的时候。——→十六年的时光，就如此这般地交替着过去了，如今回头省视，才发现在这条通往原乡的长路上，我的所思所想，好像已经逐渐从起初那种个人的乡愁里走了出来，而慢慢转为对整个游牧文化的兴趣与关注了。——→还有一点，似乎也是在回顾时才能察觉的，就是我在阅读史料之时对"美"的偏好。在这条通往原乡的长路上，真正吸引我的部分通常不是帝王的功勋，不是那些杀伐与兴替，而是史家在记录的文字中无意间留下来的与"美"有关的细节。——→这"美"在此不一定专指大自然的景色，或是文学与艺术的精华，其中也包括了高原上的居民对于人生岁月的感叹与触动。——→一个民族的文化通常是基于自然气候所造成的土地条件与生活方式，而一个民族的美学则是基于这个民族中大部分的人对于时间与生命的看法。——→可惜的是，在东方与西方的史书上，谈到从北亚到北欧的游牧民族，重点都是放在连年的征战之上，至于这些马背上的民族对于文化的贡献，大家通常也认为只是促进了东西方文化的"交流"而已。——→很少有人谈及这些民族所拥有的心灵层面，也很少有人承认，其实，在东西方的文化史中，游牧民族独特的美学观点，常常是源头活水，让从洛阳到萨马尔罕，从伊斯坦堡到多瑙河岸，甚至从波斯的都城到印度的庭园，所有的生活面貌都因此而变得丰美与活泼起来。——→在苍茫的蒙古高原之上，严酷的风霜是无法躲避的，生命在此显得极为渺小与无依，然而，在经历了无数次的考验之后，再渺小的个体也不得不为自己感到自豪，而对当下的热爱，在漂泊的行程中对幸福的渴望，对美的爱慕与思念，那强烈的矛盾所激发出来的生命的热力，恐怕是终生定居一隅的农耕民族所无法想象的罢。——→因此，能在书中找到一些线索，都会让我万分欣喜。——→譬如史家所谈及的一盒玫瑰油，书上说它"其色莹白，其香芳馥，不可名状"。才让我知道，在一千年之前，契丹人就知道如何留住玫瑰的芳香。——→在无边的旷野中采摘玫瑰，并且设法去留住它的芳香，这行为本身就已经说明了一种美丽与幽微的本质，也存在于疾驰的马背上。——→又譬如考古学家所谈及的"鄂尔多斯式青铜器"，那是从西元前一千五百年到西元后一百年左右的悠长岁月，在蒙古高原上所发展出来的艺术风格。从马具、刀剑、带扣到纯为装饰用的饰牌，都是以动物纹饰为主题，而且特别强调它们在刹那间的神态与动作。或是一群奔鹿，首尾几乎相连，或是林中小鹿听见什么声响正惊慌地回头，或是虎正在吞噬着羊，或是鹰、鹫、马与狼，群兽互相纠缠厮斗的环结。——→那从写实转化为极端装饰性的构图与线条，正是草原生态从表相到内里的精神素描。是一种缓慢的坚持，紧密的环环相扣，互相制衡而最终无人可以幸免。——→即使在一件只有几公分大小的饰牌上，我们也可以感觉出这种在大自然的生物链上无可奈何的悲欢，在毁灭与求生之间所迸发出来的内在的生命力。而由于这种种矛盾所激发的美感，匈奴的艺术家们成就了青铜时代最独特的一页，使得今日的我们犹能在亘古的悲凉之中，品味着刹那间的完整与不可分割。——→又譬如瑞典学者多桑在他所著的《多桑蒙古史》中写到成吉思可汗安葬之地是在鄂嫩、克鲁涟与土拉三条河流发源地不儿罕、合勒敦群山中的一处，这个地点是可汗生前所拣选的，书中是如此记述：——→"先时成吉思汗至此处，息一孤树下，默思移时，起而言曰：'将来欲葬于此。'故其诸子遵遗命葬于其地。葬后周围树木丛生，成为密林，不能复辨墓在何树之下。其后裔数人，后亦葬于同一林中。"——→读到此处，我不禁揣想，在一切病痛与死亡的威胁还都没有来临之前，在广大的疆土上建立的帝国正熠熠生辉之时，是什么触动让我们的英雄在忽然间彻悟了生死？ ——→我猜想是因为那一棵树。——→在多桑笔下所说而由冯承钧先生译成的"孤树"一词，给人一种萧瑟冷清的感觉，其实恰恰与此相反，在蒙古人的说法里，应该写作"独棵的大树"，是根深叶茂傲然独立的生命。——→在蒙古的萨满教中，对于独棵的巨木特别尊敬，有那枝叶华茂树干高大的更常被尊奉为"神树"，通常都是有了几百年树龄的了。——→在亚洲东南方生活的农耕民族常说："十年树木，百年树人。"但是，在蒙古高原上，日照短，生长期也短，一棵树往往需要几十年甚至上百年才可能成材，因此，当你面对着一棵根深叶茂傲然独立的巨木之时，不由得会觉得它具有令人崇敬的"神性"。——→而这神性正是一种强烈的生命力。——→我猜想，圣祖当时，正是受了这种内在的生命力的震撼罢。静默而伟岸的树干，清新而繁茂的枝叶，传递着宇宙间本是生生不息的循环，因而使得英雄在生命最光华灿烂之时，预见了死亡的来临，却又在领会到人生的无常之际，依然不放弃对这个世界的信仰和依恋。——→这些都是让我反复阅读与思索的地方。——→在空间与时间的交会点上，有幸能够接触到这一切与"美"有关的讯息，真如一副金色的马鞍，可以作为心灵上的慰藉，也引导着我在通往原乡的长路上慢慢地找到了新的方向。——→多么希望能够和大家分享。

我的感谢

——>从1989年8月下旬开始，在蒙古高原上，我应该已经消耗了最少两万张的底片，其中内蒙古自治区的摄影接近半数。这次能有出版机缘，首先必须感谢上海文艺出版社的支持和鼓励。好友陈先法先生为我作文字选编，袁银昌先生和李静小姐为本书作美术编辑，与他们合作的时光是我最美好的工作经验！当然还要感谢内蒙古博物馆以及孔群先生慷慨提供馆藏文物的摄影。——>书中有好几位摄影名家及好友们所拍的我的相片，也是我要特别感谢的。他们是：王行恭、白龙、护和、何宣广、周相露、胡福财、哈斯巴根、夏颖、黄仁益、陈素英、张国卿、陈建仲，以及一直都在包容爱护同时也拍摄了我有几十年的我的夫婿刘海北。——>谢意与祝福，还要献给在这十几年间，在归乡的长路上，曾经一次次引领过我、教导过我，并且温暖地接纳过我的每一位朋友和每一位族人，愿永恒的腾格里保佑我们，也保佑这一处无边无际的原乡大地。

席慕蓉

蒙古族人，蒙古名为穆伦（Muren 即大江河
之意），族姓席连勃。1943年生于四川，童年
于香港度过，成长于台湾。于台湾师范大学
美术系毕业后，赴欧洲进修，专攻油画。1966
年以第一名成绩毕业于比利时布鲁塞尔皇家
美术学院。曾举行过十余次个人画展，曾任
台湾新竹师范学院教授多年，现为专业画家。
曾获比利时皇家金牌奖、布鲁塞尔市政府金
牌奖、欧洲美协两项铜牌奖、台湾之金鼎奖
最佳作词及中兴文艺奖章新诗奖等。著有诗
集、散文集、画册及选本等共50余种，读者
遍及海内外。1989年首见蒙古高原，近十余
年来，潜心探索游牧文化，以原乡为创作主
题。2002年受聘为内蒙古大学名誉教授。

图书在版编目（CIP）数据

席慕蓉和她的内蒙古／席慕蓉文·图－上海：上海文艺出版社.2006.8
ISBN7-5321-3051-7
Ⅰ.席… Ⅱ.席… Ⅲ.①散文－作品集－中国－当代 ②诗歌－作品集－
中国－当代 ③内蒙古－概况－摄影集Ⅳ.① I217.2② K922.6-64
中国版本图书馆CIP数据核字（2006）第076116号

责任编辑　　陈先法
整体设计　　袁银昌　李　静
印前制作　袁银昌平面设计工作室
督　　印　　居致琪

书名
席慕蓉和她的内蒙古
文·图
席慕蓉
出版、发行
上海文艺出版社
地址：上海绍兴路74号
电子信箱：cslcm@publicl.sta.net.cn
网址：www.slcm.com
印刷
上海界龙艺术印刷有限公司
版次
2006年8月第1版　2006年8月第1次印刷
规格
787×1092　1/12　印张28 1/3
书号
ISBN7-5321-3051-7/Ⅰ·2334
定价
200.00元（平装）
告读者：如发现本书有质量问题请与印刷厂质量科联系
T：021-58925888